흔들리는 삐에로

흔들리는 삐에로

초판 1쇄 인쇄 · 2018년 4월 09일
초판 1쇄 발행 · 2018년 4월 13일

지은이 · 이묘영
펴낸이 · 김미용
펴낸곳 · 도서출판 푸르름
편 집 · 이운영, 전형수
디자인 · 정은진
마케팅 · 김미용, 문제훈
관 리 · 이혜진

주   소 · 경기도 고양시 일산동구 호수로 358-25 동문타워 2차 917호
전   화 · 02-352-3272
팩   스 · 031-908-3273
이메일 · pullm63@empal.com
등록번호 · 제 8-246호

잘못된 책은 구입하신 서점에서 교환해 드립니다.
ISBN 978-89-88388-67-9 (04810)
ISBN 978-89-88388-84-6 (세트)

「이 도서의 국립중앙도서관 출판예정도서목록(CIP)은 서지정보유통지
원시스템 홈페이지(http://seoji.nl.go.kr)와 국가자료공동목록시스템
(http://www.nl.go.kr/kolisnet)에서 이용하실 수 있습니다.(CIP제어
번호: CIP2018004870)」

흔들리는 삐에로

이묘영 소설

푸른름

오늘 따라 출근하는데 차가 왜 그렇게 밀리는지 내가 늦는 날은 또 왜 이렇게 신호마다 걸리는 거야?

상은은 허겁지겁 주차를 하고 정신없이 엘리베이터로 달렸다. 서두르는 날은 엘리베이터까지 내 앞에서 문이 결정적으로 닫힌다.

'젠장! 꼭 이렇다니까!'

올라갔다 내려오려면 엘리베이터가 출근 시간엔 층층마다 섰다 다시 내려오니까 10분 이상은 기다린다.

'아이쿠, 오늘 아침 9시에 본사 사장님 전화 받는 월요일이잖아?'

기다리자니 답답하고 하이힐 신고 계단을 걸어가자니 무리다.

상은은 핸드폰 액정 화면을 켜서 시간을 본다.

'으악, 3분 전! 신발 벗고 달려야 간신히 전화 받겠는데?'

계단을 다 올라와서 하이힐을 다시 신고 아무 일도 없었다는 듯 도도하게 얼굴에 미소까지 띠며 옷매무새도 만지고 땀 젖은 머리카락이 얼굴에 붙어 있을까 봐 손가락으로 매만졌다.

'다행히 뛰는 소리는 내 발자국 소리 하나뿐이었으니 뛰다가 누가 나를 봤을 확률은 0퍼센트로 완벽.'

그런데 사무실 분위기가 예사롭지 않다.

본부장 이하 직원들이 모두 서 있다가 상은이

나타나자 기립 박수를 보낸다.

'뭐지 이 분위기는?'

상은은 눈이 동그래져서 온 몸이 얼어버린 사람처럼 자기 자리를 찾지 못하고 어정쩡 서있었다.

'설마 내가 신을 들고 계단으로 달려왔다고…? 그게 그렇게 일동 기립 박수를 받을 일은 아니잖아?'

"표 국장 축하해요."

"네?"

본부장이 환한 미소로 반긴다.

"이번에 전국 10위권에 든 국장들 일본 3박 4일 여행 명단이 오늘 아침 팩스로 왔는데 표 국장이 이번에 또 전국 1위네요."

"아, 정말요?"

"그리고 이번 인솔자가 강인수 전무님이시네요."

본부장이 활짝 웃으며 축하해 주었다.

"우아, 표 국장은 좋겠네. 매너 좋고 위트 있는 젊은 전무님이 인솔하는 거 알았으면 나도 더 열심히 하는 거였는데."

같은 본부 내의 조 국장이 엄청 부러워했다.

"그러니까 조 국장도 표 국장처럼 열심히 일하지 그랬어? 맨날 출근해선 점심 뭐 먹을까? 뭐 맛있는 걸 먹어야 잘 먹었다고 소문이 날까? 하며 메뉴 고민만 하지 말고."

본부장이 통박을 주었다.

"말이 부럽다는 거지, 표 국장처럼 그렇게 일만 하며 내 40대를 보내 버리긴 싫다고요!"

조 국장의 말을 상은이 바로 받아낸다.

"난 40대를 일에 미쳐 지낼 수 있어 감사한데?"

"표 국장 통통 튀는 저 정열적인 태도 진짜 부러워. 그런데 이번에 고이경 국장도 전국 10위에 들어서 친구끼리 같이 가니 더 재미있겠어?"

"고 국장도 10위 안에 들었구나. 이번엔 진짜 열심히 하더니… 그런데 고 국장은 아직 출근 전이네?"

"고 국장이야 맨날 지각이잖아. 외모로 승부를 거는 고이경 국장이니까 지금쯤 느긋하게 머리부터 발끝까지 시상식에서 레드카펫 위를 걷는 영화배우의 올 세팅 모드로 등장할 때가 되어가네."

조 국장이 고 국장의 모델 같은 걸음걸이를 흉내 내어 직원들이 함께 웃었다.

잠시 후, 고이경 국장이 사원들의 기대에 저버리지 않는 완벽한 화려함을 갖추고 출근했다.

본부장이 고이경 일본 여행을 알렸고 고이경은 놀라기보다 마치 이날을 기다렸다는 듯 '오케이!' 하며 한 팔을 들었다 놓았다.

상은은 들꽃국 사원들의 축하를 받으며 본부장의 아침조회로 하루를 시작했다.

주문받은 곳으로 보낼 상품을 총무에게서 받아가는 사람들과 방문할 사람들 확인 전화들로 사무실이 활기차다.

1

상은은 내일 친구 이경과 함께 일본 여행을 한
다는 생각에 기뻤다. 아니, 솔직히 말해 여행보
다도, 전국에서 잘 나가는 국장이라는 자긍심과
내가 버는 돈으로 딸 한나를 교육시키고 생활할
수 있음에 감사했다.

집을 월세에서 전세로 그리고 이젠 내 집까지
마련하고 아빠의 빈자리까지 채워 나가는 스스로
에게 행복감을 느꼈다.

3년 전, 처음 화장품 방문 판매를 시작할 때에

는 죽을 것처럼 자존심이 상했었는데 이제 화장
품 업계에서 서로 스카우트 제의를 해 올 정도로
인정받는 한 사람으로 성장해 나가는 자신이 자
랑스러웠다.

상은은 남편의 빈자리를 오래 견뎠다. 밤이 되
면 텅 빈 남편의 자리에 외로움을 느끼며 자주 불
면증에 시달렸다.

억지로 잠을 청해 봤자 잠으로부터 멀어진다는
것을 수많은 불면의 날들의 경험으로 터득했다.

오늘도 잠이 쉽게 들 것 같지 않자 침대에서 일
어나 거실로 나왔다. 주인이 잠깨어 거실을 오가
면 자다가도 벌떡 일어나 내 뒤를 졸졸 따라 다니
는 귀여운 사랑이가 내 발 끝에 머무른다.

답답한 마음이 몰려와 베란다로 나가 시원한
바람을 들이켰다. 아직 겨울이 온 것도 아닌데 쨍
한 밤공기는 폐부 속까지 서늘함을 느끼게 했다.

3년 전, 사업부도로 사채업자에게 쫓기면서 남편이 하던 말이 떠올랐다.

'누구한테도 말하면 안 돼. 나 살아 있는 거 알면 당신도 그리고 우리 딸도 다쳐. 그러니 날 어디 가서 죽었는지 소식이 없다고만 해. 몇 년만 참고 버티면 내가 돈 벌어서 돌아올게, 나 믿지? 사랑해.'

지금 3년째, 아무런 소식도 없는 걸 보니 정말 죽은 건 아닌지, 아님 사채업자들이 붙잡기만 하면 땅에 묻어 버린다는 말에 아무도 찾을 수 없는 섬 같은 데로 들어가 있는 건지, 아님 찾을 수도 없는 동남아 쪽 어디에 꼭 꼭 숨어 있는 건지….

연락 올 때가 지난 것 같은데 여직 소식이 없어 더 가슴이 답답하다. 평소 전화를 자주하던 사람이 아무리 사채업자가 무섭다고 이렇게 전화 한 통 없을 사람이 아닌데….

남편은 동업자가 쉽게 돈을 버는 방법이 있다는 말에 일확천금을 꿈꾸며 일을 시작했다.

'이번에 사업 잘되면 당신 평생 돈 방석 위에 앉게 될 거야. 인생은 한방이라고!'

동업자랑 똑같이 반반씩 투자하여 시작한다던 사업이 순탄치가 않았다. 남편은 착실히 돈을 준비해서 계약금과 중도금을 치르고 잔금 일에 맞춰 돈을 준비를 했다.

그런데 동업자가 자금을 융통하려 했던 곳에서 자금줄이 막혀 안절부절못하자, 남편은 밤잠을 설치며 걱정하기 시작했다.

남편의 예민해진 신경이 온 집안을 짓누르자 상은도 밑도 끝도 없는 불안에 몸을 떨었다. 남편은 피가 마르는지 집에 와서 앉지도 못하고 서성대며 욕을 해대기 시작했다.

"씨팔, 내일 모레가 잔금 날짜인데 동업자가

아직도 돈을 못 구한대. 우리가 미리 낸 계약금과 중도금이 다 날아가게 생겼어. 그 돈 지키려면 나보고 잔금 좀 어디서 빌려보래!"

"말도 안 돼. 동업이면 계약금부터 같이 반반씩 대야지 우리가 먼저 대고 잔금을 그쪽이 댄다는 거야? 무슨 동업이 그래?"

"아휴 진짜 팍 돌아버리겠네. 지금 그런 걸 따질 시간이 없어. 5억이 그냥 날아가게 생겼어. 빨리 친정이나 친구들한테 돈 좀 빌려 봐."

"난 그런 말 못 해."

"누군 돈 빌려 달란 말하기 좋아서 하냐고?"

소리를 버럭 질러대는 남편이 무서웠다.

"내가 처음부터 동업하는 게 아니랬잖아."

무서움에 떨면서도 정말 무슨 일이 일어날지 모른다는 불안한 마음에 그만 남편의 화를 돋울 말을 하고 말았다.

"아 씨팔, 진짜 지금 이거 저거 따질 계제가 아

니라니까!"

처음부터 상은은 동업을 반대했다. 그러나 남편은 여자가 남자들 하는 일에 신경 쓰지 말라며 돈 많이 벌어 마누라하고 자식새끼 호강 한번 시키려는데 왜 재수 없게 걱정 하냐며 한마디로 잘라버렸다. 상은은 불안한 마음에 남편 눈치만 보고 있었다.

남편은 이미 실성한 상태였다.

결국, 불안한 잔금일이 되었고 동업자가 준비하지 못한 잔금 중 일부 사채를 빌려 오면서 상은의 집은 발칵 뒤집혔다.

사채 이자는 몇 달도 안 돼 몇 억으로 불어났고 동업자는 이자를 감당을 못하자 원금이고 뭐고 사채업자들의 닦달에 시달리다 투자 금을 모두 내팽개치고 도망가 연락도 안 되었다.

동업자가 도망가자 남편이 법적으로 대표로 되어 있다는 이유 하나로 동업자의 사채 빚을 떠안

게 되면서 사단이 났었던 거다.

청천벽력이었다.

남편은 전 재산을 투자한 돈이 하루아침에 날아가자 제정신이 아니었다. 직원들 식비며 미지급된 봉급을 받겠다고 직원들이 달려오고 그것도 억울해 돌아버릴 지경인데 엎친 데 덮친다고 사채업자들이 집으로 달려왔다.

팔뚝엔 용인지 뱀인지 징그러운 문신을 온몸에 새긴 사람들이 신발을 신은 채 험악한 얼굴로 집안을 뒤지기 시작했고, 장롱 문이 부서지고, 돈 될 만한 보석이나, 현금 조금 있는 것, 그리고 집어갈 만한 무엇이 있는지 찾아내느라 혈안이었다.

동업자는 외국으로 도망가고 없으니 짜고 친 고스톱 아니냐며 회사 대표인 당신이 돈을 갚으라고 윽박지르며 겁을 주었다.

언제까지 갚지 않으면 땅에 묻어 버린다는 말에 남편은 죄도 없이 일단 도망을 갔다. 그리고 떠나면서 딸애를 부탁하며 다급하게 떠났던 것이다.

하루아침에 회사도 집도 자동차도 모두 사채업자들한테 빼앗기고 길바닥에 나 앉게 되었다.

이런 건 드라마에서나 나오는 꾸며진 이야기인 줄 알았다. 그러나 앓아눕는다는 것은 나에겐 사치였다. 하루라도 밥을 굶지 않으려면 일을 찾아야 했고, 궁리 끝에 이미지 화장품 방문 판매를 하던 친구 이경이 생각났다.

목숨을 걸고 미친 듯이 일한 결과 오늘 전국 1위를 달리는 국장이 되어 있는 자신이 대견하여 상은은 뜨거운 눈물이 한줄기 흘러 내렸다.

'난(難) 중에 영웅 나고, 위기에 몰렸을 때 기지가 발휘 된다.'

이런 말을 책에서 봤었는데 딱 들어맞는 말인 것 같았다.

같은 본부 내 조 국장은 나이가 같아 친하게 지

냈는데 허구 헌 날 일만 한다고 상은을 놀려 댔다.

"표 국장, 사람이 어떻게 그렇게 일만 하고 살
수가 있어?"

"으응? 일하러 나왔잖아?"

"표 국장 별명이 뭔 줄 알아?"

"뭔데?"

"일벌레."

"풋, 나쁘지 않네 뭐."

"표 국장은 돈이 그렇게 좋아? 그 돈 다 벌어
서 어디에 쓰려고 그래?"

"난 돈이 좋아. 자본주의에선 돈의 위력이 어
마 무시하잖아? 풋."

"그러다 나중에 후회한다. 우리처럼 맛있는 것
도 먹으러 다니고 좋은 커피숍 가서 분위기도 잡
고 남자 친구도 사귀고 그러라고. 남편도 없는데
외롭지 않아?"

"외로울 시간이 없네요. 자, 이만~"

'난 그냥 집에 있기 심심해서 당신처럼 놀러 나온 게 아니라고! 분위기 좋은 레스토랑서 스테이크도 자르고 싶고 호수가 보이는 카페에서 시간 가는 줄 모르게 남 뒷담화나 까며 하루정도 그렇게 나도 쉬고 싶을 때가 왜 없겠냐고!'

그러나 그렇게 말하지 않았다.

사람들은 없는 사람을 도와주기는커녕 오히려 무시하고 짓밟아 버리기까지 하지 않던가? 내 뱃속에서 꼬르륵 소리가 나거든 헛기침으로라도 상대방이 듣지 않도록 조심해야 하는 삭막한 세상이다.

'망해 보면 안다.'

몇몇의 직원들은 출근했다 하면 일은 뒷전이고 점심을 뭘 먹을까 삼삼오오 모여 밥 타령이었다.

"저번에 그 오리집 갈까?"

"음, 거기 말고 오늘은 분위기 있게 이태리 레스토랑 가서 피자, 리조또, 파스타를 먹는 건 어때?"

"그러지 말고 건강에도 좋은 한식 뷔페는 어때? 유기농 집말이야."

각자 먹고 싶은 메뉴들로 시끄럽게 목소리를 높인다. 그리고는 월말 되면 마감할 돈이 없다고 사채도 빌려 쓰고 여기저기 돈 빌려 달라며 서로 마감하기 바쁜 직원들을 보면 이해하기 어려웠다.

그들은 일만 하는 상은을 불쌍하다는 듯 바라보고, 상은은 출근해서 일은 뒷전이고 우왕좌왕 대책 없이 사는 이들이 걱정이었다.

사실 직원들이 먹고 싶다는 메뉴를 떠올릴 때마다 상은도 어울려서 함께 즐기며 먹고 싶다는 마음이 굴뚝이었다.

그렇지만 그렇게 따라 다니다 보면 매달 나가는 아파트 월세와 관리비, 자동차 할부금… 한 달이면 지출해야 할 돈들이 줄을 서 있는 이상 상은은 이를 악물고 참아야 했다.

그리고 또 한편으론, 만에 하나, 남편이 돈을 벌어 오지 못할 확률까지 생각하면 불안감에 더 열심히 일에 매달려야만 했다. 상은은 가정을 책임져야 한다는 부담감에 어깨가 무거웠다.

발레리나들이 아무리 지치고 힘들어도 무대에서 내려 올 때까진 항상 아름다운 자세와 표정을 유지하듯 나도 지금 혼자 가정을 지키느라 지치지만 남에게 힘든 모습을 보여 줘선 안 된다는 것, 그 정도는 살면서 경험으로 알고 있었다.

한편으론, 세상에 태어나 처음으로 돈을 벌어 봤지만, 내 힘으로 돈을 벌어 쓴다는 게 꼭 그렇게 고달프기만 하거나 슬프지만은 않은 거구나 새로운 사실을 깨달았다.

오히려 돈을 벌지 않고 골프나 치고 에어로빅에 요가나 하며 내 몸 하나 가꾸는 데만 전념을 했던 그 시절과 지금을 비교하면 오히려 지금의 근육들에 탄력이 묻어났다.

일하지 않은 자 먹지도 말라.

딱 맞는 말이라는 걸 일을 하면서 알게 되었다. 4일간의 일본 여행을 즐겁게 하려면 잠을 좀 자야 할 텐데 이런 생각 저런 생각하다 밤을 꼴딱 새웠다.

*

고이경은 일본 여행 명단에 들어가기 위해 순수 판매보다 무리를 해서 목표를 맞췄다.

강인수 전무가 인솔한다는 정보를 미리 알았기 때문에 강인수를 자기 남자로 넘어 오게 할 수 있는 절호의 기회가 왔기 때문이다.

'이번 여행에서 제대로 한번 그동안의 경험을 살려 농염하게 꼬리를 쳐야지.'

여행 가방을 싸면서 제일 예쁜 옷과 섹시하게 보일 속옷과 킬 힐을 챙겼다. 전신 거울 앞에서 앞태, 옆태를 보고 손거울까지 들고 뒤태까지 이곳저곳 꼼꼼히 챙겼다.

'내 외모는 이미 완벽해. 하지만 워낙 강 전무는 눈이 높다보니 이제 보이지 않는 뒤태까지 신경 써야 해.'

이미지 화장품은 비싸기는 했지만 한번 써보면 무리를 해서라도 소비자들이 계속 재구매할 정도로 인기 브랜드였다.

수요층의 폭이 넓다 보니 이미지 화장품은 업계에서 1, 2위의 순위권을 다투는 어마어마한 기업으로 성장했다.

4년 전, 고이경도 친하게 지내던 은경 언니의 재촉으로 판매를 시작하면서 그 화장품을 사용했다. 은경 언니는 이경이만 보면 같이 일하자고 노래를 불렀다.

"이경아, 너 집에서 노는 거 지겹지 않니? 우리 회사 출근해서 같이 일해 보자. 이거 생각보다 쉬워."

"언니, 내가 세일즈를 어떻게 해. 됐고, 언니가 하니까 화장품은 내가 계속 쓸게."

"출근하면 화장품도 원가로 쓰고 일도 해서 돈도 벌고 좀 좋아? 너 예쁜 얼굴 혼자 집에만 있음 누가 알아나 주냐?"

"아이고, 난 아무리 심심해도 세일즈 그런 거 관심도 없고 하고 싶지도 않으니 이젠 제발 나한테 그런 소리 좀 하지 마슈."

"회사 출근해 일하면서 집에서 있을 때보다 오

히려 사는 보람을 느껴."

"됐구, 그 회사 마사지사가 그렇게 마사지를 잘한다고 소문났던데 예약이나 해 줘."

예약 일에 마사지를 하러 갔다가 이경은 깜짝 놀랐다.

회사 분위기를 보니 여자들이 예쁘게 화장하고 분주하게 움직이며 활기가 넘치는 것 같이 보였다. 거기다 본부장이라는 사람은 더 세련되고 당당하고 눈엔 레이저가 뿜어 나올 듯 빛이 반짝이며 능력 있어 보였다.

'햐, 사회에서 성공한 여자들의 아우라가 진짜 멋지군.'

집에만 있던 이경은 활발하고 생동감 넘치는 회사 분위기에 순간 기가 죽었다. 마사지 실에 누워 마사지를 하면서도 능력 있어 보이는 본부장의 사람 대하는 자세가 자꾸 눈에 밟혔다.

'멋진 여자군.'

마사지가 끝나고 다시 화장을 하고 드라이로 머리를 만지고 나오자 은경 언니랑 본부장이 기다렸다는 듯 나가자고 한다.

"이경 씨, 반가워요. 김은경 팀장한테 얘기 많이 들었어요."

"네. 반가워요."

"워낙 미인이시라고 하더니 그냥 하는 말이 아녔네요. 이런 미인은 태어나서 처음 가까이에서 본 것 같습니다. 영광입니다."

"아, 네. 과찬입니다."

"한식을 좋아 한다기에 제가 근사한 한식당 예약해 놓았어요. 식사나 하죠."

이경은 정신이 없었다. 얼굴은 보통의 얼굴이지만 눈에서 빛이 반짝이며 사람을 꿰뚫는 것 같은 저 당당함과 자신감에 그만 기가 죽어 말이 제대로 나오질 않았다.

그렇게 헤어지고 며칠을 집에서 누워 앞판, 뒤판 뒹굴뒹굴 엑스레이 찍으며 심심하던 차에 모르는 번호로 전화가 걸려 왔다.

'누구지? 스팸인가? 받을까? 받지 말까?'

심심한데 일단 받아나 보자.

"여보세요?"

"이경 씨, 안녕하세요? 저 김 본부장입니다."

이경은 누웠다 벌떡 일어나 군대에서 신참 이병이 병장 앞에서 차렷 자세하듯 군기가 바짝 든 모습으로 전화를 받았다.

"네! 웬일이세요?"

"저, 미안한 부탁인데 본사 전무님이 내일 갑자기 저희 본부 출장을 오신다고 해서요. 한 시간만 앉아 계시면 되는데 부탁 좀 드릴게요."

"네? 본사 직원이 오시는데 제가 무슨… 필요가…?"

이경은 말도 더듬었다.

"아, 본사 직원이 강의하시는데 자리가 썰렁하면 제가 좀 입장이 그러해서요."

"아, 그럼 딱 한 시간만 앉아 있기만 하면 된다는 거죠?"

"네."

이경은 어차피 집에서 할 일도 없는데 마침 엊그제 백화점 가서 새로 산 예쁜 옷을 떠올리며 그옷을 입고 외출이 하고 싶어졌다.

회사 직원들이 일시에 쳐다보며 예쁘다고 했던그 마사지 받던 날이 떠오르며 입가에 미소가 번졌다. 스스로 생각해도 나이에 비해 나만큼 예쁜여자가 없는 것 같긴 한데 남편은 이제 붙박이장보듯 했다.

이제 아이도 다 컸고 나이가 50이 다 돼 가니우울하기도 하고 심심하던 차라 세일즈를 하라는것만 아니면 어디든 불러만 줘도 나갈 판이었다.

거울 앞에서 본부장처럼 성공한 커리어 우먼 같은 포즈를 잡아보고 얼굴에 당당한 미소를 지어보고 혼자 별 짓을 다 해보았다.

풋, 그런 표정은 억지로 나오는 게 아니었구나. 생활 자체에서 묻어나는 자연스러운 본부장의 모습이 부러워 또 우울해졌다.

결혼 후 그동안 집에만 있었으니 자신감이 없어졌다. 동창들 중 사회에서 한 자리 차지하는 친구들 소식이 들려올 때마다 나는 무엇을 위해 살았나? 허무한 마음이 물밀 듯 밀려왔다. 다시 시무룩해진 얼굴로 집에서 출발했다.

본부장 이하 직원들이 연예인보다 예쁘다며 칭찬 하자 이경은 다시 기분이 살아나는 것 같았다.

'예쁘다는 칭찬은 언제 들어도 질리지가 않다니까. 풋.'

은경 언니랑 수다를 떨다 보니 본부장실에서 본사 전무가 등장을 했다.

"안녕하세요. 강인수입니다."

모두 다 박수를 치니 이경도 따라 몇 번 박수를 쳤다.

"저희 한방 화장품 '이미지'를 사랑하시는 여러분들에게 먼저 감사의 인사를 드립…."

무슨 말을 하는데 머리가 하얘지며 아무 말도 들리지가 않는다. 첫눈에 반한다는 말이 있지만 그건 꿈같은 세상의 얘기인줄만 알았는데 지금 이경의 눈에 강 전무라는 사람의 세련된 말투와 제스처가 이경의 심장을 얼어 버리게 만들었다.

이경은 살짝 살짝 짓는 강 전무의 미소가 자신을 바라보는 것만 같아 흥분되었다. 바라만 봐도 온몸에 전율이 이는 남자가 이미지 화장품 본사 사장 아들이라니?

'출근 안 할 이유가 없잖아?'

고이경은 그 다음날부터 출근을 하였고 본부장의 도움으로 3년 만에 어렵게 국장이 되었다. 국장 직함을 단지 다시 1년이 흘렀다.

  내일은 친구 상은이랑 같이 일본 여행도 가서 좋기도 하지만 강인수 전무와도 친해질 절호의 기회가 온 것에 기뻐서 잠이 오질 않았다.

2

　늘 전국 순위 안에 드는 국장들은 거의 정해져
있을 정도였다. 그래서 굳이 말 안 해도 누가 모
일 것인지는 일정표를 안 봐도 대충 알았다.

　인천 배 국장, 서울 김 국장, 포항 오 국장…
상은과 이경은 해외여행 때마다 매번 같이 가게
되어 출발할 때부터 동행하니 심심하지도 않고
잠도 한방에서 같이 자니까 모르는 사람하고 한
방 쓰는 것보다 늘 맘이 편했다.

　이경이 공항행 버스 정류장을 향해 발걸음도
가볍고 경쾌하게 걸어온다.

"이경아, 나 여기."

상은은 손을 들며 일어나 반겼다.

"안녕? 난 이제 여행은 신랑하고 가는 거보다 상은이 너랑 가는 게 더 편하고 좋아. 어제는 잘 잤니?"

"잘 잤다고 해야 하나 못 잤다고 해야 하나?"

"으응?"

"아, 어젯밤 내가 날개를 달고 전 세계를 누비는 꿈을 꾸었거든."

"푸하하, 애들처럼. 너 일본 간다고 그런 꿈을 꾼 거 아냐?"

"그런가? 요즘은 난 꿈을 꾸면 너무 생생해서 꿈같지가 않아. 희한해."

둘은 마주보고 키득 거렸다.

"너나 나나 진짜 일도 잘하지 성격도 잘 맞지. 둘 중 한 명이 남자로 태어났음 부부였을 것 같지 않니?"

상은이 고개를 좌우로 돌린다.

"아니, 싫다. 생긴 걸로 봐서 네가 여자일 가능성이 백 퍼센트인데 너 같이 예쁜 마누라 데리고 살다 불안해서 의처증 걸려 가슴 앓이하는 꼴을 어떻게 견뎌?"

"호호, 귀엽고 센스 있는 남편 만나 살면 다른 남자 쳐다보지도 않고 살 수도 있지."

"그러니까, 넌 말이라도 네가 남자였을 가능성이 있다고는 안 하는구나?"

"난 전생이고 다음 생이고 태어날 수 있음 계속 여자로 태어날 거거든?"

"왜에?"

"요즘은 더더욱 갑자기 여자들 세상 돼서 남자들 불쌍하잖아?"

"그건, 그래."

이경이 갑자기 내 귀에다 입을 바짝 들이댔다.

"그리고 솔직히 말해서 섹스도 남자보단 여자

가 더 흥분되고 좋잖아."

상은은 섹스 얘기가 나오자 주변에 누가 들었을까 깜짝 놀라며 얼굴이 붉어졌다.

공항에 도착하자 다들 몇 번 씩 인사를 나눴던 친근한 국장들과 강인수 전무가 벌써 도착해 있었다. 공항은 늘 분주하고 시끄럽다.

다람쥐 쳇바퀴 도는 반복되는 삶을 떠나 새로운 세상을 향하는 사람들의 표정은 활기가 넘친다. 여행하기 좋은 가을이라 그런지 사람들로 인산인해를 이루었다.

"안녕하세요, 반갑습니다."

다들 서로 몇 번씩 만났던 아는 얼굴이라 그런지 서로 반갑게 맞아 주었다. 어느 정도 인사가 오고 가자 강인수 전무가 말했다.

"자, 우리 '이미지'의 최고 멋진 국장님들과 4일 동안 큐슈 여행의 시간을 갖게 되어 더 없는

영광이라 생각합니다. 지금 이 시간부터는 회사
일도 집안일도 모두 잊으시고, 혹시 있을 애인
생각도 잊으시고 저와 데이트하는 데만 집중 하
시면 됩니다!"

　모두들 와하하 웃으며 박수를 쳤다.

　이경과 강 전무가 있는 곳으로 사람들은 시선
을 고정하며 지나간다. 멋진 사람들이 모여 있는
곳은 멀리서도 태가 난다.

　그 중에 상은만 평범해서 오히려 상은이 더 주
목 받게 생겼다. 괜히 미안했다.

　"상은아, 강 전무님 어때?"

　"갑자기 밑도 끝도 없이 어떠냐니?"

　상은은 알아들었지만 그냥 모르는 척 했다.

　"남자로서 말이야?"

　"음, 본사에 올라가서 회의할 때 보면 잠깐씩
만날 때보다 더 재치 있고 섹시해 보이지 않니?"

　이경은 강 전무에게 눈을 떼지를 않고 계속 농

밀한 미소를 던진다.

"멋있네. 청바지가 잘 어울리는 엉덩이에, 오래 두고 보아도 별로 질리지 않을 목소리!"

상은은 이경이 강 전무에게 대놓고 추파를 던지는 꼴이 같은 여자로서 창피했다.

그런데 이상한 건 상은도 무의식중에 자꾸 강전무에게 눈길이 간다는 것이다.

'내가 왜 강 전무를 쳐다보며 엷은 미소를 짓고 있지?'

본사에서 회의할 때마다 봐 왔지만 남자로서 확실히 매력이 있었다. 아무리 섹시한 남자라도 유부녀가, 그것도 이 나이에 남자를 보고 남자로 느껴진단 말인가? 있을 수 없는 일이라며 후다닥 눈길을 거두었다.

비행기가 이륙하고 얼마 되지 않은 것 같은데 벌써 목적지에 도착할 예정이라며 안전한 착륙을 위해 안전벨트를 하라는 기장의 안내 방송이 나온다.

지도상 가깝긴 해도 외국이라는 선입견이 있어서인지 빨리 도착한 것에 모두 깜짝 놀라는 눈치다. 강 전무의 안내에 따라 버스를 타고 호텔로 이동했다.

식사하는 중간 이경은 농염한 눈빛으로 강 전무를 웃으며 바라보고 강 전무 또한 이경에게 타이밍 맞춰 같이 고개 들어 웃어주고….

우연을 가장한 인연처럼 둘이 자주 눈을 맞추며 운명의 한 페이지들을 장식할 준비를 하는 듯 보였다.

분명 둘이 무슨 일이 일어날 것 같았다.

식사를 마치고 호텔로 들어가는데 강 전무가 내 옆으로 지나가며 아까 이경과 주고받은 친근한 미소를 나에게도 보낸다. 갑자기 심장이 두근

거린다.

 '내가 왜 이러지?'

 나는 아무리 멋진 남자의 유혹에도 넘어가선
안 된다고 생각하며 잘 못 본 것이라고 외면하며
지나쳤다. 요즘은 꿈도 그렇고 헛것도 보이고 조
금 이상해지고 있는 것 같다.

 각자 방에서 준비된 녹차를 한잔 마시며 잠시
쉬었다가 다시 시간에 맞춰 온천욕장으로 갔다.

 여자들은 서로 누가 몸이 탄력이 있는지 빠른
속도로 서로를 스캔했다. 이경이 말고도 가슴 성
형한 국장이 또 있었다.

 전체적인 피부 탄력에 비해 가슴만 우뚝 솟아
서 이경이 만큼 자연스럽지가 않았다. 이경도 그
쪽을 보다 나와 서로 눈이 마주쳤다. 이경은 자
신 있는 표정을 짓더니 재치 있게 그쪽 가슴과 자
기의 가슴을 빠르게 눈짓을 한다.

 '역시 내가 잘 됐지?'

이경은 미소를 띠우며 자신이 넘치는지 가슴을
활짝 펴고 내민다.

상은도 그렇다고 고개를 끄덕여 주며 둘만의
의미 있는 미소를 띠운다.

이경과 상은은 온천욕을 마치고 같은 방으로
돌아왔다. 맥주도 한잔 했겠다 온천도 하고 몸과
마음이 상쾌했다.

이경은 계속 강인수는 내 거라고 못을 박는 소
리를 몇 번을 한다.

가정이 있는 여자가 저렇게 대놓고 감정을 드
러내다니 대범도 하다. 타 지역 국장들을 의식하
지도 않는다.

고이경은 아주 자신만만하다. 몇 명의 국장들
은 그런 이경을 아니꼬운 눈으로 흘겨보지만 몇
몇의 국장들은 남녀가 눈이 맞든지 말든지 관심
도 없고 일을 열심히 해서 얻은 결과의 값으로 떠

나온 여행에 그저 행복할 뿐이다.

나는 머리가 살짝 아팠다.

어려서부터 자기표현을 억제하고 살아와서 그런지 어디 가서도 그런 성격이 원망스러웠다.

성장할 때 이미 습관이 되어 버린 걸 이제 와서 고쳐질까, 가슴이 늘 답답하고 묵직하니 납덩이가 달려 있는 듯했다.

어젯밤 밤을 꼬박 새워 잠을 못 잤던 탓인지 눕자마자 잠이 들었다.

3

호텔에서 국장들과 이경과 강 전무와 식사를 하는데 강 전무가 자꾸 나를 쳐다보며 미소를 짓는다. 나도 강 전무에게 야릇한 미소로 화답한다.

식사 중간 강 전무를 의식하며 화장실을 잠시 다녀오겠다고 일어난다. 상은의 뒤에 따라오는 발소리가 강인수임을 뒤돌아보지 않아도 느낄 수 있다.

모르는 척 화장실을 들어갔고 손을 씻고 나오는데 강인수가 화장실 옆 좁은 공간으로 잽싸게 데리고 들어가 키스를 한다.

나도 미친 듯이 받아들인다. 온몸에 힘이 빠지

며 주체할 수 없게 흥분이 되는데 이경이 다급하게 나와 강 전무를 찾는다. 강 전무와 밤에 만나기로 빠르게 약속하고 몸이 뜨겁게 달아 오른 채 급하게 헤어진다.

'여자를 제대로 볼 줄 아는군.'

상은은 몸이 불이 난 듯 뜨거워져 이경이 잠들기만 기다렸다가 강인수 방으로 간다.

강인수는 기다렸다는 듯 상은을 와락 끌어안아 번쩍 안고 침대에 눕힌다.

상은의 젖가슴을 두 손으로 잡고 애무한다.

흐흑, 미칠듯 온몸이 부들부들 떨리며 흥분된다. 달아오른 혀와 혀가 찰지게 감긴다. 거친 호흡 소리가 서로를 더 흥분되게 한다.

한손으론 가슴을 어루만지며 입으로 혀로 가슴을 맛있게 핥는데 상은은 정신이 돌아버릴 듯 흥분이 된다.

어느새 강 전무는 상은의 아래로 입을 대고 혀

로 핥고 있다. 용광로처럼 뜨거워진 그곳을 뜨거
운 입술로 핥고 있으니 홧홧 불이 붙는 듯 미끈한
애액이 흘러넘친다.

머리를 뒤로 젖히자 등이 활처럼 휘며 세포 하
나하나 마다 흥분으로 녹아 없어지는 것 같다. 더
이상 기다릴 수가 없다.

강인수는 양쪽 허벅지를 살짝 두 손으로 벌리더
니 내 아래 깊은 곳으로 뜨겁게 화가 난 남성을 쑤
욱 쑥 밀고 들어온다.

아아아아! 온 몸에 전율이 인다.

치골 부위 허벅지 안쪽이 흥분되어 덜덜 떨린
다. 다시 현란하면서도 부드럽고 강하게 내 입술
을 갖는다. 키스를 너무 잘한다. 여자를 리드를 잘
한다.

아래에서는 뺐다가 다시 힘 있게 꽉꽉 밀어 넣
을 때마다 울컥울컥 미끈미끈한 애액이 끊임없이
흘러넘친다.

아악! 미칠 것 같다.

온 몸이 땀으로 젖는다.

어디서 그렇게 많은 물이 솟아났는지 아직도 애액은 끊임없이 줄줄 흐른다. 몇 시간이 지나도록 둘은 떨어질 줄 모르고 서로가 서로를 탐하느라 질펀한 섹스로 흥분돼 미칠 지경이다.

아래가 미친 듯이 흥분하며 탄력이 강해진 질 근육이 화가 잔뜩 난 강 전무의 그것을 꽉 물고 경련을 일으킨다. 둘이 화산 폭발하듯 격렬하게 움직인다.

'아아아악!'

강인수는 도대체 이런 섹스가 가능하냐고 행복한 미소를 지으며 상은을 꽉 끌어안는다. 그리고는 다시 뜨거운 입술로 키스를 한다. 나도 최상의 섹스에 행복해하며 몸이 화끈 달아올라 얼굴까지 빨개져서 부끄러워한다.

침대가 흠뻑 젖었다. 다시 누울 수가 없다.

축축한 곳을 피해 둘이 한쪽으로 누웠다. 다시
또 뜨거운 사랑을 나누었다. 오늘이 지나면 다시
는 이런 시간이 오지 않을 거란 생각에 다시 격한
사랑을 나눈다. 다시 한 번 온몸에 전율을 일으키
며 천상의 오르가즘을 느낀다.

그런데 '아아아악' 소리가 터져 나오질 않는다.

가위 눌리듯 답답하다. 이상하다.

뭐야, 일어나 보니 꿈이었다. 이경은 어딜 갔
는지 자리에 없다.

'내가 왜 이런 꿈을 꾼 것일까?'

오늘이 아니라도 이전에도 가끔 꿈에서 진한
섹스를 하곤 했던 자신이 떠오른다.

의식이 있을 땐 불륜을 맺는 사람들을 역겹게
생각하면서 무의식적으로는 적나라한 섹스를 하
고 있다. 평소 내 양심이 허락하지 않는 일이다.

상은은 무의식 세계에서지만 양심에 걸렸다.

의식이 무의식을 지배할 순 없지만 내 무의식의 세계는 내 의식 안에서 커 가는 것이다.

남에게 작은 사소한 피해를 입혔어도 무안해하는 성격인데 거기다 이경이 좋아하고 있는 남자와 섹스를 하다니?

'있을 수 없는 일 아닌가?'

강인수를 보고 첫눈에 사랑을 느낀 걸 다른 사람이 알도록 겉으로 표현하지는 않았다 해도, '혼자만의 비밀이라지만' 어찌됐든 이경에게 미안해서 내 의식이 깊은 양심의 가책을 느끼며 괴로웠다.

'현실에선 의식이 지배하고 꿈에선 내 무의식의 지배를 받는 걸까?'

이런저런 생각을 하는데 이경이 방으로 살살 들어온다. 이불을 얼굴까지 끌어다 덮으며 그냥 자는 척 했다.

꿈에서라지만 어쨌든 친구가 좋아하는 남자와

적나라한 사랑을 했다는 창피함도 있었다.

한편, 이경은 지금 내가 꾼 꿈처럼 실제로 하고 온 것일까? 생각하니 갑자기 구역질이 날 것 같았다.

아니, 하고 싶은 대로 하고 사는 이경이가 어찌 보면 참 편하게 사는 것 같았다. 이경을 보며 옴짝달싹 못하는 자신의 처지가 비교되자 입술이 바르르 떨리더니 눈물이 솟구쳤다.

이불로 입을 지그시 눌렀다. 뜨겁고 굵은 눈물이 소리 없이 베개를 적신다.

4

　직원들은 여행의 목적이 강 전무에게 여자로
보이고 싶은 건지 화려한 옷차림이다. 이경 역시
몸매가 확 드러나는 멋진 차림이었다.

　돌아다니려면 다리 아플까 봐 단화를 신었다.
킬 힐을 신은 다른 직원들과 섞인 나는 난장이처
럼 보일지도 모른다. 괜히 단화를 신었나?

　키 높이 운동화라도 챙겨올 걸 하며 강 전무를
신경 쓰고 있었다.

　일본에서는 부엉이가 집안에 있으면 가정이 화

목해지고 부부금실이 좋아진다는 속설이 있다는 인천 배 국장 말에 다들 부엉이 한 세트를 샀다.

부엉이 조각 세트가 어떻게 금이 간 부부 사이를 다정하게 해줄까 만은 한 가닥 끈이라도 잡아보겠다는 간절한 희망으로 십만 원 가까운 조각들을 모두들 기꺼이 지불했다.

부엉이 컵 ,부엉이 시계… 각종 도자기 조각품들의 부엉이가 부엉부엉 한다.

한번 금이 간 부부 관계는 계속 벌어질 뿐이지 순금으로 만든 부엉이로 집에 도배를 해 봐라! 그런다고 쉽게 좋아질 사랑이라면 무엇 때문에 사랑 때문에 죽고 살까? 사랑이 누구 집 강아지 이름이냐고?

다시 자리를 옮겨 안개가 자욱이 피어오르는 아스라한 킨린코 호수를 산책했다.

호수가 생각보다 규모는 작았지만 호수 저 쪽

끝에 있는 펜션 같은 건물이 아담하게 자리했다.

모두들 사진 찍느라고 분주하지만, 상은은 어젯밤 꿈이 생생해 꿈같지 않았다. 실제로 섹스를 한 것처럼 아랫도리 느낌도 평소와는 다르게 뿌듯하게 느껴졌다.

한동안 남편과 잠자리를 하지 못하고 살아온 지난 세월 동안 늘 어딘가 막힌 묵직한 느낌을 지울 수 없었다. 밥을 먹고 소화가 안 될 때처럼 답답했던 그곳이 시원하게 뚫린 느낌도 들었다.

상은은 관광 중간 중간 어젯밤 꿈이 자꾸 머릿속에서 맴돌아 제대로 여행에 집중하질 못했다.

왜 이런 꿈을 꾸는 것일까?

평소 지인들이 바람피우는 걸 경멸했건만 이제 아무리 꿈이라도 그런 동물 같은 행위를 하며 강한 오르가즘을 느끼고 있다니?

이해하기 어려웠다. 그러면서도 한편, 꿈속에서

나마 그런 육감적인 오르가즘에 다시 도달하고 싶은 욕망이 치밀면서 아울러 죄책감마저 밀려왔다.

이경과 강 전무의 하는 행동도 자꾸 거슬려 보였다. 그래서인지 점심 먹은 것에 체기를 느꼈다. 신경성 위염이 재발한 것 같아 호텔에 먼저 가 있겠다고 하며 일행에서 빠져 나왔다.

꿈이라지만 너무 선명하고 내 몸이 흥분의 도가니였던 것은 뭐지?

마음의 간음도 간통이라 했건만 꿈속에서 섹스를 한 난 간음을 한 여자인가? 혹여 나도 모르게 동물적인 욕구를 원했던 걸까?

호텔방에 누워 혼자 별 생각을 다 하는데 누군가 노크를 한다.

"표 국장님! 저 강인수예요."

상은은 심장이 빠르게 쿵, 쿵 거리는 소리를 손으로 누르며 문을 따준다.

"얼굴이 많이 불편해 보이는데 제가 병원에 모

셔다 드릴게요."

"아니에요, 조금 신경 썼더니 소화가 안 되는지 가슴이 답답해서요. 조금 쉬면 괜찮을 것 같아요."

"여행 중에 아프면 얼마나 고생하는데요. 빨리 저랑 같이 병원에 가요."

"아니, 괜찮아요."

"고집 피우시면 제가 업고라도 갑니다."

"참, 일행들에게 가보세요. 이러면 저 때문에 여행이 엉망이 돼서 내가 더 미안해지잖아요."

"내일부터 동행 분들한테 미안하지 않으려면 빨리 병원에 가자니까요."

강인수의 고집에 그만 손을 들었다. 사실 컨디션도 안 좋아 점심도 못 먹었는데 저녁도 먹지 못할 것 같았다.

강 전무는 유창한 일본어로 호텔 직원에게 가까운 병원을 묻고는 택시를 불러 병원에 데리고

갔다. 이렇게까지 배려를 해주다니 미안한 마음
이 들었다. 그러면서도 혹시 나에게 관심이 있
나? 이런 망상에 빠져 혼란스러웠다.

내가 걷지 못할 정도는 아닌데도 강인수는 내
어깨를 감싸며 과잉 친절을 베풀었다. 남녀 간의
느낌으로 스킨십을 한 것도 아닌데 왜 자꾸 온 몸
이 오그라드는 것일까.

걷는 것도 불편하고 진짜 환자가 된 것처럼 어
색하게 걷는 자신이 창피했다.

'나도 모르게 몸이 위축되어 작아지는 느낌이
다. 심장은 반대로 커져 내 몸을 뚫고 나갈 것만
같다.'

멋진 남자의 배려란? 가슴이 뜨거워졌다. 갑자
기 강인수와의 어젯밤 꿈이 떠올라 얼굴이 다시
붉어졌다. 들킬 것 같은 속마음에 부끄러움을 느
꼈다. 또한 이경도 신경 쓰였다.

병원에 도착한 강인수가 의사에게 내 상태를

정확하게 전달하자 간단한 검진이 시작됐다.

"일시적인 스트레스로 위가 경직된 것 같은데… 식사하지 못하니까 내일 여행 일정을 소화시키기 어려울 것 같은데요. 수액을 한 병 놓죠."

강 전무가 의사의 말을 듣고는 나에게 수액을 맞는 게 좋겠다고 눈빛으로 친절하게 묻는다.

"그렇게 해주세요."

난 일행들에게 미안한 생각이 들었지만 일단 휴식을 취해야겠다는 생각이 들어 의사에게 묻는다.

"시간이 얼마나 걸리죠?"

"1시간 30분 정도면 가능합니다. 걱정 마세요."

강인수와 비교되는 깡마른 의사를 보면서 둘이 너무 대비되어 보인다는 생각이 들어 풋, 웃음이 터져 나왔다.

의사도 강 전무와 나랑 너무 대비가 된다고 생각하는지 어리둥절한 얼굴 표정을 하며 둘의 관계를 궁금해 하는 것처럼 보였다. 재밌다.

아픈 상황에 이런 쓸데없는 생각까지 하다니 내가 어이없다.

상은은 강인수의 유창한 일본어 실력에 잠시 반해 그의 매력에 빠져들었다.

누워서 편하게 수액을 맞는 동안 강인수의 통화 목소리를 들었다.

'누구와 저렇게 통화를 하는 걸까?' 뭐, 강인수가 누구랑 무슨 통화를 하든지 그게 왜 궁금해? 하며 고개를 가로로 저었다.

그와 밤새 섹스 하는 꿈으로 피곤했던지 잠깐 잠이 들었다 싶었는데, 강인수가 다 맞은 링겔 수액을 매만지며 매너 있는 몸짓으로 상은을 일으켜 세운다.

상은은 순간 손가락으로 눌린 헝클어진 틀어 올리며 신경을 쓰는 자신을 발견한다.

일본에서 외국인인 상은에게 의료 보험 적용이 되지 않아 비싼 비용을 지불해야 했는데, 강인수가 얼른 계산을 해준다.

"아니, 제가 계산 할게요."

내가 맞은 걸 어떻게 남이 내게 한단 말인가?

"아니에요. 제가 모셨으니 계산 하겠습니다."

상은은 외국이라 돈이 아까워서 병원에 오지 않으려 했던 것인데 선뜻 내어주는 강 전무에게 묘한 매력을 느꼈다.

주사를 맞고 나니 피로가 풀린 것 같기도 했다. 병은 다 마음에서 오는 거고, 수액을 맞으면 괜찮겠다는 믿음의 플라시보 효과도 작용한 것 같다. 아니 어쩜, 단체 여행 중에 내가 아프다고 찾아와 준 강인수의 배려가 피로를 훨씬 풀어준 것도 같다.

사람들은 남자는 외모가 중요하지 않다고들 말하지만 그건 못생긴 사람들과 사는 사람들의 자위일 뿐이다. 잘난 남자의 배려를 받아보기 전엔 죽어도 알 수 없는, 가슴 떨리는 그런 게 있다.

강인수는 보기와 달리 외모 지상주의자는 아닐 지도 모른다. 그는 내게 어쩌면 외모 외의 다른 매력을 본 걸까?

다정하게 대해주는 강인수가 고맙기도 하고 은근히 자랑스러웠다. 내게 이렇게 잘해주는 데 만약 고이경이 이 모습을 본다면 기분이 어떨까? 생각하니 야릇한 미소가 입가에 번졌다.

하루 종일 별로 먹은 것도 없지만 수액을 맞으니 요의를 느꼈고 화장실을 다녀오니 저쪽 복도 끝에서 강인수와 이경이 오래된 다정한 연인들처럼 웃고 있었다.

얼굴에 열이 확 올라왔다.

내 남자도 아닌데 갑자기 내 남자를 이경이 빼앗아 간 것 같은 불쾌함으로 죽고 싶은 심정이었다.

5

저녁을 간단히 먹고 온천욕을 한 후 다시 모였
다. 술만 한잔 하고 잠만 잘 건데도 몇몇 국장들
은 화려하게 등장했다. 어쨌든 보기는 좋았다.

몇몇은 술자리가 파한 후 바로 돌아가겠다며
맨 얼굴로 머리도 만지지 않고 등장한 이들도 있
었다. 끼 있는 여자와 끼 없는 여자는 단박에 구
분된다.

술잔들이 오갔다.

집 떠나 편안한 마음들이라 그런지 분위기가

화기애애해지며 모두들 취해갔다. 술이 취하자 이경은 아예 강인수 옆에 달라붙어서 교태를 부리며 안주도 입에 넣어주며 난리를 피웠다.

여자들의 술 취한 모습을 보기 싫었던 상은은 속이 니글거리기 시작했다.

자기보다 10살이나 연상의 국장들이 잘 보이려고 애를 쓰는 모습을 강인수 전무는 싫지 않은 듯 즐기고 있는 것처럼 보였다. 인천의 배 국장이 술잔을 들고 강전무 옆으로 온다.

"오 국장님, 나도 강 전무님 옆에 좀 앉아야겠어요. 자리 좀 잠시 바꿔 주세요."

코맹맹이 소리를 한다.

"네에? 네!"

포항의 오 국장도 조용히 자리를 피해 준다.

"잘생긴 강 전무님! 저랑 러브 샷 한잔해요."

"아, 예, 그러죠."

이경인 못마땅한 얼굴로 찡그리고 있다.

다들 술들이 취해서 그런지 강 전무와 러브 샷을 하겠다고 줄을 선다. 그 사이 나와 오 국장은 밖으로 잠깐 나와 시원한 공기를 마셨다.

일본의 밤거리는 생각보다 조용했다.

"시끄럽게 떠들고 노는 데는 우리나라가 최고일 거예요?"

"러브 샷이니 원 샷, 이런 말들이 어색해요"

"우리가 술을 못 마셔서 그럴지도 몰라요."

"그럴지도 모르죠."

둘은 바라보며 가볍게 웃었다.

"우리 둘이 오래 나와 있으면 또 분위기 깨는 것처럼 여겨지니 어서 들어가요."

"네, 그래요."

둘은 다시 술자리로 들어갔다.

타 지역 국장들이 고이경의 몸매를 두고 신이 내린 몸매라고 추켜 세워주자 고이경은 좋아라

함박웃음을 지으며 강 전무를 쳐다봤다. 혹시나 이런 칭송을 강 전무가 들어주기를 바라면서. 다행히 강인수가 정말 아름답다고 맞장구쳐 준다.

"고이경 국장은 얼굴도 예쁘지, 몸매도 신이 내린 몸매지, 애교 만점이지. 최고야."

술에 완전 취한 배 국장이 혀 꼬인 소리를 하며 질투를 한다.

"호호호, 자꾸 왜들 그러세요, 그만들 하세요."

이경은 말은 그렇게 하지만 제발 강인수 앞에서 더 큰 소리로 칭찬해 주길 바라는 눈빛의 표정이다.

상은은 술자리를 못 견디고 먼저 돌아와 간단히 샤워를 하고 맨 몸으로 전신 거울 앞에 섰다. 이경의 몸과는 다른 몸이 거울 앞에 서 있다.

'에휴, 8등신은 고사하고 6등신도 안 되잖아!'

우울한 마음으로 잠이 들었다.

병원 냄새인 크레졸과 포름알데히드 액인 소독약 냄새가 난다. 상은은 차가운 수술대 위에 누워 있다. 갑자기 가슴 쪽에 뼈가 다 뒤틀어지는 통증이 온다.

근육과 지방을 분리하는지 의사는 있는 힘껏 주걱 같은 것으로 사정없이 가슴을 파헤친다. 아프다고 그만 하라고 소리를 지르지만 말이 안 나온다. 너무 아파 발버둥을 쳐보지만 손과 발도 묶여 있다.

온 몸을 비틀어도 의사는 파란 가운과 마스크를 한 채 내 말은 듣지도 않는다. 어차피 말은 내 입 밖으로 나오질 않으니 안 들린다지만 내 처절한 눈빛과 몸이 말을 하지 않는가?

무표정한 의사는 수술을 계속 진행 중이고 가위소리, 나이프소리, 하여튼 세상에서 제일 기분 나쁜 금속성끼리 맞닿을 때 나는 달가닥 소리가 소름이 끼치고 추운 기운에 더 소름이 돈다.

마취제 부작용인지 마취가 안 된 것 같다.

너무 아파 온 몸에 힘을 주고 묶여 있는 팔과 다리에 힘을 썼더니 땀이 범벅이다.

'으악! 그만하라고!'

상은은 소리를 지르다가 잠에서 확 깨어났다. 가위에 눌려 발버둥 치다가 잠에서 깨어나 일어나 앉아 크게 숨을 들이켰다 내뱉었다.

한숨이 나왔다.

온 몸이 땀으로 젖고 침대 커버가 다 젖어 있다. 정신을 차리려고 물을 한 컵 마셨다. 아니 물을 벌컥 벌컥 두 컵을 마셨다.

그래도 갈증이 안 풀린다. 테이블에 있는 녹차 티백을 컵에 넣고 뜨거운 물을 부었다. 그리고 천천히 또 물을 마셨다.

가위에 눌린 건지, 꿈에서 통증이 느껴진 걸 보면 내가 꿈에서 이경이로 변신된 것 같다. 이런 상황이 도통 이해가 되지 않으며 머리가 어지럽고 무섭고 덜덜 떨렸다.

숨이 불규칙해지고 진정이 안 됐다. 어렸을 적엔 허약 체질이라 매일 밤마다 귀신에게 쫓겨 다니고 공포 영화를 본 날은 영락없이 '내 다리 내 놔라.' 하며 다리 한 짝 없는 귀신이 쫓아 오곤 했었다.

언제부터인가?

성인이 되고나서는 가위 눌리는 일이 많이 줄었다. 가위 눌림은 스트레스가 많은 심리상태일 때 뇌가 부신피질 호르몬을 분비해 몸이 긴장상태가 되어 수면의 질이 떨어질 때 렘수면 상태서 깨어나며 가위를 눌릴 확률이 높다고 한다.

상은은 어려서 매일 꿈에서 답답한 가위 눌림을 당했었던 생각에 몸서리가 쳐졌다.

잠이 깬 지금도 가슴이 아프게 느껴진다. 양팔로 가슴을 끌어안고 몸을 동그랗게 말았다.

눈물이 흘렀다. 이렇게 아픈 걸 이경은 어떻게 가슴 수술을 했을까? 상상만으로도 소름이 끼친다.

이경은 아직도 방에 들어오지 않고 여직 뭐하고 있는 걸까?

갑자기 두렵고 외로운 생각이 들었다. 다시 가위 눌릴까 무서워 잠을 잘 수도 없다.

6

한참 지나 이경이 호텔 방으로 들어온다. 얼굴이 발그스름한 것이 술기운인지 강인수랑 같이 있었기 때문인지 알 수가 없다.

이경이 무안할까봐 내가 다 무안했다.

"나 좀 전에 꿈을 꾸었는데 가슴 성형하는 꿈을 꾸었어."

"어? 정말? 푸하하, 너도 하고 싶은가 보네."

"아니, 난 안 해."

"해. 나처럼 물방울 가슴성형으로 해야 인천배 국장처럼 어색하지가 않은 거야."

"난 아픈 거 못 참아, 그냥 살 거야."

"며칠만 죽도록 아프고 평생 예쁠 수 있는데 뭐가 무섭다는 거야."

"그래도 난 못해. 얼굴에 점 하나도 못 빼는데."

"하긴, 넌 나이에 비해 늘어지지도 않았는데 뭐. 상은아, 이제 와서 말인데, 난 네 빵빵한 가슴 때문에 가슴 성형을 하게 된 거야."

"뭐라고?"

"너랑 백화점 가서 옷을 살 때마다 네가 입은 블라우스 두 번째 단추가 터져 나갈 것 같은 걸 보고 질투가 났었거든."

"그거 하나 이쁜 걸 갖고 질투를 하고 그러냐? 넌 양심도 없다."

"원래 아흔 아홉 개 가진 자가 다른 사람 한 개 가진 꼴을 못 본다잖니, 푸하하."

"참, 수술하면 남편이 좋아하니?"

"야! 여자들이 남편한테 보여 주려고 이렇게

아픈 수술을 하겠냐?"

"그럼? 다른 누구한테 보여주려고 하는 거야?"

"다들 그럴 걸? 처진 가슴으론 애인한테 보여주기가 자신이 없고 위축이 들잖아. 자신감 없는 몸으론 제대로 된 섹스가 힘들지. 그러다 보면 열정적인 섹스를 할 수가 없고 결과적으로 깊은 오르가즘을 못 느끼잖아."

"그게 그렇게 다른 거야?"

"생각해 봐. 탄력 없는 몸매를 보면 남자들도 일단 시각적으로 성욕이 덜 생길 게 아니냐고? 일단 탄력적인 몸을 봐야 불같이 욕구가 생기고 동시에 호흡도 거칠어지고 뜨겁고 뜨거운 섹스를 할 수 있는 거지."

"……."

"늘어진 몸을 보면 불타오르는 섹스가 아닌 밥 먹고 똥 싸듯이 습관적인 생리현상처럼 밋밋한 섹스를 할 테고."

"그렇구나."

"쳐진 가슴을 보면 아마 남자의 그곳 텐션감도 같이 쳐질걸? 풋!"

상은은 고개를 가볍게 흔들었다.

"참, 상은아, 난 이쁜이 수술도 사실 너 때문에 충격 받아서 했었잖아."

상은은 놀라서 묻는다.

"무슨 말이야?"

"너 산부인과 별명이 국보 1호였잖아."

"그런데?"

"난 너의 그곳이 왜 국보 1호인지 궁금해서 간호사 언니들에게 물어봤었다?"

"진짜?"

"간호사가 잔뜩 긴장하면서, 이런 말 환자분들한테 말하면 원장님한테 혼나고 병원 잘릴 수도 있다고 난리를 치는 것을 간신히 꼬드겨서 물어봤지."

"나도 내가 왜 국보 1호인지 궁금하긴 했는데…."

"너는 소음순이 안 늘어져 있고 색도 시커멓게 죽지 않은데다 질도 늘어져 있질 않대. 보통의 아줌마들하곤 다르다는 거야. 30대인 간호사들도 네 걸 부러워 죽는다더라?"

"헐, 진짜야? 간호사들이 무심코 국보 1호님 오셨다고 해서 의아했었지만 나쁜 얘기는 아닌 것 같아 그냥 못 들은 척 했었는데 넌 가서 따져 물었구나?"

"거기다 너는 속 피부는 더 하야니까 안쪽 허벅지는 더 하얗지 안은 좁지, 여자들이 갖고 싶어 하는 그것을 네가 갖고 있다길래 당장 너처럼 속 좁게 해달라고 아니 상은이보다 좁게 해달라고 원장님한테 마구 졸랐었어."

"너 진짜 미쳤구나?"

"다른 건 몰라도 속 예쁜 여자가 얼마나 부러

운데?"

"그래서 그런가? 나는 산부인과 가면 질경이 안 들어가서 애를 먹어. 원장님이 애를 쓰다 간호사 보고 '상은 씨 오시면 다음부터 처녀용 가져 오세요!' 부탁하는 소리를 들었었어."

"그것 봐. 하긴, 네 덕분에 미리 수술을 해놔서 얼마나 마음이 편한지 몰라. 할 때는 미치게 아팠지만."

"그런 것도 꼭 해야 되는 거야?"

"애인을 만나려면 준비를 해야지. 남녀는 섹스가 얼마나 중요한지 너도 알잖아? 아무리 순진해도 나이 50이 되어 그런 것도 모른다곤 안 하겠지?"

"섹스도 중요하지만 남녀가 꼭 사이즈로만 만족하는 것은 아니지."

"풋, 남자 여자를 놓고 섹스를 빼면 뭐가 있냐? 남자 여자는 섹스를 할 때, 혹은 섹스를 하고

싶은 상대가 있을 때, 그 때 진정한 살아 있는 여
자, 남자가 되는 거지."

이경은 애들과 대화하는 기분이라며 상은의 순
수함을 비웃었다.

"참, 이경아? 나 오늘 꿈에 우리 직원 차 팀장
어머니 돌아가시는 꿈도 꾸었어."

"진짜? 넌 그런 불길한 꿈은 항상 거의 맞는다
며?"

"응, 미치겠어. 오늘 부고 문자 날아 올 거야."

"아닐 수도 있잖아. 차 팀장 어머니가 아직 젊
으시고 건강하셨는데 갑자기 돌아가실 리가."

"제발, 내 꿈이 맞지 않기를 바라야지."

씻고 나오니 부고 문자가 날아왔다.

불길한 꿈을 미리 꾸는 자신이 무서웠다.

　다음날 일정에 맞게 관광에 나섰다.

　오늘은 벳부로 이동하여 바다와 벳부 시를 전망하고 내려와서 가마도 지옥 및 족욕 체험을 하였다. 장소를 옮겨 큐슈 속의 작은 쿄토라 불리는 히타 마메다마찌 산책을 하였다.

　우리나라로 따지면 하회마을처럼 옛것을 그대로 간직한 전통 마을이다. 아기자기한 옛것을 그대로 보전해서 우리나라 60~70년대쯤 약 50년 전으로 타임머신을 타고 돌아간 듯한 기분이었다.

　영화 세트장으로 만들어놓은 것과 같은 느낌이

랄까?

　잠깐 쉴 겸 커피 한 잔 할 겸 커피숍으로 자리를 옮겼다. 이곳은 일반 스타벅스랑 달리 인테리어가 특이했다. 규칙적으로 얽히고설킨 목재들로 천장을 뒤덮은 독창적인 디자인을 보여주었다.
　일본에서 유명한 건축가 구마 겐조의 작품이란다. 불규칙한 듯 규칙적인 나무 목재들로 인테리어를 생각해 내는 창의성에 놀라웠다.
　건축뿐만이 아니라도 새로운 무언가를 창조해 내는 예술가들의 창의력이 있기에 현대인들의 삶이 얼마나 편안하고 안락한 삶을 영위할 수 있는가 생각해 보았다.

　'사람은 밥으로만 살 수 있는 게 아니지 않은가?'

다시 호텔로 돌아와 저녁 식사를 하는데 강인수가 중대 발표를 한다고 한다.

"사랑하는 우리 이미지의 국장님들과 며칠 동안 여행하면서 많은 추억을 만들 수 있어서 얼마나 행복했는지 모르겠습니다."

"저희도 정말 좋은 시간이었어요."

고이경이 웃으며 대표로 대답했다.

"자, 여행의 즐거움은 이제 마무리들 하시고 오늘 중대 발표를 하겠습니다."

다들 의아해하며 서로 상대방을 빠르게 쳐다본다. 당신은 알았어? 하는 눈빛으로 말이다.

"우리 회사에 김 본부장님이 개인적인 문제로 연말까지만 일하기로 하셨고, 그 자리의 새로운 본부장님으로 여기 계신 국장님들 중에 한 분을 모시기로 했습니다."

다들 놀라는 얼굴이다.

"그런 얘기 없었잖아요?"

"네, 그래서 지금 발표하려고 합니다."

다들 누가 되는 걸까?

서로 서로 놀란 눈빛 교환을 한다. 어디선가 숙덕이는 소리가 들린다.

'강 전무하고 친한 고이경인가?'

수군대며 빠르게들 고이경과 강 전무를 쳐다본다. 고이경도 모르고 있었다는 표정이다.

강 전무는 잠시 여유를 두더니 다시 말을 이어간다.

"우리 회사에 처음 입사할 때부터 남다른 능력으로 탁월한 조직 능력을 보였고, 화장품에 대한 믿음과 애사심이 남다르며, 방문 판매의 고정 관념을 깨고 20~30대의 젊은이들로 세대교체를 하여 활동적인 조직을 완성해낸 표상은 국장이 추대되었습니다."

상은은 얼떨떨했다.

애사심을 갖고 책임을 다한 열정은 있지만 전

국의 국장들 중 경력이 가장 짧은 내가 과연 본부
장감이 될 수 있는가?

두려웠다.

강인수는 잠시 호흡을 크게 쉬더니 다시 말을
이어갔다.

"자, 표상은 국장이 새해부터 새 본부장으로 승
진하게 되었으니 다들 축하해 주시기 바랍니다."

이경이와 끈적거리는 눈길을 주고받던 강인수
가 아닌 회사의 임원의 자세로 흐트러짐 없이 이
야기하는 강인수가 다시 한 번 멋지다는 생각이
들었다.

본부장이란 본사 간부급이며 국장하고는 대우
가 완전 다르다. 연봉이 두 배로 뛰는 건 물론이
고 자동차 유지비에 한도가 없이 무한으로 쓸 수
있는 복지카드가 나온다.

와, 여기저기서 축하한다며 갑자기 상은에게로
모든 시선이 쏠린다. 상은은 무슨 말인지 어리둥

절하며 잘못 들은 건 아닌지, 혹은 꿈을 꾸는 거 겠지? 하며 허벅지를 꼬집어본다.

아얏!

이경은 울면서 어디론가 뛰어 나가고 나는 미안한 마음으로 이경의 뒷모습을 아프게 바라봤다. 동시에 회사는 외모로 평가하지 않고 실력으로 평가한다는 확신에 가슴이 벅찼다.

'누구한테도 말하면 안 돼. 나 살아 있는 거 알면 당신도 그리고 딸 한나도 다쳐. 그러니 날 어디 가서 죽었는지 소식이 없다고만 해. 몇 년만 참고 버티면 내가 돈 벌어서 돌아올게, 나 믿지? 사랑해.'

갑자기 남편이 떠나면서 했던 마지막 말이 떠오르며 눈물이 흘렀다. 밥 먹는 시간이 아까워 미친 듯이 점심을 굶어가며 3년을 여기까지 달려왔다.

'딸 한나 밥을 굶기지 않으려는 엄마라는 이름'이 나를 여기까지 올려다 놓은 것이다.

갑자기 눈물이 흘렀다. 끊임없이 볼을 타고 눈물이 흘렀다.

세상이 나를 알아줘서, 아니 회사가 나를 인정해 줘서 그동안의 고난이 값지게 느껴졌다.

3년 전, 회사에서 처음 화장품을 들고 와서는 어디로 들고 나가야 하나 화장품을 들고 신발을 신었다 벗었다를 수십 번이었다.

자신의 신세가 무척 처량했었다. 그러나 딸을 생각하며 망설이는 자신을 꾸짖었다.

난 지금 당장 내일 먹을 쌀도 없고 한 달 후 월세를 못 내면 원룸에서 쫓겨나 거리로 내몰려야 한다는 현실 앞에 망설임은 그저 사치였다.

혼자 목숨이라면 딱 죽고 싶은 심정이었다. 그러나 상은은 딸을 생각하니 엄마라는 이름으로 현관문을 열 수 밖에 없었다.

일을 하다 보니 기본급을 받는 관리자들이 부러웠다. 기필코 기본급을 받는 관리자로 올라서고야 말겠다는 의지로 밤낮으로 일을 해 4개월 만에 전국 최단기 지사장이, 그로부터 3개월 후엔 전국 최단기 국장이 되어 있었다.

화장품 업계에서 스카우트 제의 전화를 수시로 받았지만 상은은 이 회사를 떠나고 싶은 생각은 조금도 없었다.

표상은에게는 이제 '세일즈를 위해 타고난 사람'이라는 수식어가 붙어 다녔다.

지금도 딸과 동반자살까지 생각했었던 3년 전을 생각하면 소름이 돋는다.

호텔 방에 돌아오니 이경이 울고 있다. 죄인 된 기분으로 이경에게 다가갔다.

"이경아, 미안해."

"아니야."

"미안하고 고마워. 너 아니었음 난 오늘날 이런 결과가 없었을 거야."

"넌 정말 열심히 했잖아. 나도 너의 조직을 키우는 힘을 보고 정말 놀라웠어."

"내가 잘나서가 아니라 내가 열심히 할 수밖에 없었던 상황이 나를 그렇게 움직이게 만들었던 거야."

"상황도 상황이지만, 넌 어려서부터 남다른 재주가 많았던 친구였지."

"재주가 많으면 뭐해? 열 가지 재주 많은 사람이 가난하게 산다고 늘 부모님을 걱정 끼쳐드렸었는데."

"그건 그렇고 내가 보니 강인수가 널 좋아하는 것 같더라?"

"너 무슨 정신 나간 소리냐?"

"아니, 여자의 직감이 있는데 너를 보는 눈이 예사롭지 않아."

"이경아, 너 지금 제정신이니? 춘향 아씨를 놔
두고 향단이에게 마음을 두는 사람이 어디 있단
말이야?"

"내가 춘향 아씨고 넌 향단이란 말이야? 호호
호."

이경은 내가 추켜 세워주자 어두웠던 얼굴이
다시 화들짝 펴진다.

"나야 네 옆에 있음 언제나 향단이지. 내가 아
무렴 그것도 모를까?"

"꼭 그렇지만은 않지. '여자도 능력'으로 평가
받는 세상이잖아."

"강인수 전무가 어떤 사람인데 나 같은 여자를
행여나 마음에 두겠냐? 어느 정도 말이 되는 소
리를 해야 내가 그런가? 하고 맞받아쳐주지? 웬
수야!"

"아니, 넌 작지만 나름 매력이 있어."

"강인수 들으면 자살할라. 쓸데없는 말 할 거

면 씻고 잠이나 자자."

어림도 없는 소리라며 손사래를 쳤지만 심장이 쿵, 쿵 댔다.

이경이 다시 비장한 표정을 짓더니 다시 수술을 하겠다고 했다.

"한국에 돌아가면 다시 이쁜이 수술할 거야."

"너 미쳤어? 저번에도 했잖아?"

"그건 오래전 얘기고 다시 늘어진 것 같아. 그리고 새로 나온 엠보싱 기법은 남자를 아주 죽여준대."

"넌 성형 수술을 하러 갈 게 아니고 정신과를 가야 할 것 같아."

"내가 왜 정신과를 가?"

"성형 중독도 일종의 정신병이야. 알코올만 상담을 받아야 하는 중독이 아니고 성형도 너 정도면 심한 중독인 것 같아."

"요즘 세상에 이 정도 안 하고 사는 여자들도

있니?"

"헐, 얼굴로 먹고사는 연예인이라면 모를까 누가 그렇게 얼굴에 가슴에 그리고 거기까지 죄다 뜯어 고칠까?"

"난 세상에서 제일 예쁜 여자로 살고 싶어."

"너 충분히 예뻐."

"그땐 젊었을 때고 지금은 손을 대니 그나마 이정도 유지되는 거 아닐까?"

*

고이경은 상은이 본부장이 된 이유가 강인수가 상은을 여자로 보고 있는 게 아닌지 하는 마음에 불안하고 초조했다.

어려서부터 상은이 재주 많은 걸 보아 와서 그런지 은근 신경 쓰인다. 남들은 외모만 보고 비교도 안 된다고 말하지만, 상은을 알고 나면 그런 말을 쉽게 할 수 없으리라는 것쯤은 이경은 안다.

갑자기 아주 어린 시절 초등학교 2학년 때의 일이 떠올랐다.

'엄마, 상은인 도대체 옛날이야기를 왜 그렇게 재밌게 하는지 모르겠어?'

'그래?'

'애들이 쉬는 시간마다 상은이한테만 달려간다니까.'

'알았어, 상은이 한번 데리고 와 봐. 엄마가 얘기 좀 들어보게.'

'진짜?'

'응.'

이야기를 다 들은 이경 어머니가 상은을 따로 불러냈다.

'상은아, 정말 이야기를 잘하는구나.'

'감사합니다.'

'그런데, 옛날 말에 이야기를 잘하는 재주꾼은 가난하게 산다는 말이 있어.'

상은은 이경의 집을 다녀간 후로 다시는 이야기를 하지 않았고 혼자서만 놀았다. 친구들이 이야기를 해달라고 조르면 상은은 말했었다.

'난 이제 옛날이야기 안 할 거야!'

어린 상은에게서 더 이상 옛날이야기를 들을 수는 없었다.

그 후로 계속 말을 하지 않는 상은이 대단하다고 생각했다. 며칠이 지나도 1년이 지나도 2년이 지나도 상은은 말을 하지 않았다.

8

'여행을 떠나서 기쁘지만 집으로 돌아갈 수 있
다는 생각에 더 기뻤다.'

이번 여행에서 상은은 섹스하는 꿈을 꾸느라
제대로 관광을 하지도 못했다. 누가 무엇을 물어
봐도 한 번에 못 알아듣고 '네에?' 하며 되묻고
는 했다.

온통 머릿속이 복잡했기 때문이다.

남편의 부재로 외로워서 그랬나 보다.

늘 꿈속에선 얼굴을 모르는 젊은 남성하고만
섹스했었는데 지난밤은 직장 상사에다 그것도 이

경과 몸을 섞은 강인수와 그렇게 뜨거운 밤을 보냈다는 게 의아했다.

꿈에서 모르는 사람과 섹스를 할 때보다 아는 사람과 해보니 더 흥분됐다.

'해도 되는 허락된 부부 사이에서는 느낄 수 없는 치명적 흥분.'

'절대 금기된 것에 대한 쾌락'

상은은 상은 안에 또 다른 상은이 있는 것처럼 느꼈다.

학창시절 부모님은 '여자는 참는 게 미덕이다.', '상은이 넌 끼가 있어. 여자는 항상 남에게 튀지 않고 있어도 없는 듯 그래야 하느니라.', '노래는 찬송가만 불렀으면 좋겠다.', '그리고 팝송도 다 러브가 들어가잖니?', '학생 신분에 그런 노래는 듣기에 거북하다.' 이런 잔소리를 했다.

축제 땐 응원단장도 하고, 최신곡에 맞춰 댄스

도 추고, 노래도 잘해 기타 치며 학교 대표로 노래도 부르는 잔재주가 많았다.

부모님은 막내딸을 사랑하는 부드러운 표정으로 말씀하셨다.

'여자는 항상 조신해야 한다. 여자가 너무 튀게 잘하는 것은 그렇게 자랑이 아니야.'

속마음을 내비치지 않고 사는 상은은 늘 내면의 끼를 억지로 꼭꼭 누르며 살았다.

하루는 식구들이 다 모여 화기 애애 송편을 빚는데 큰 오빠가 물었다.

"참, 상은아? 너 고등학교 동창 중에 영미라고 기억하니?"

"응, 잘 알지. 왜?"

"아, 내 조교 영미가 알고 보니 너랑 동창이야."

"아, 진짜?"

"그래서, 반가워서 너 표상은이라고 기억하냐고 물었더니 그 재주 많은 상은이가 교수님 동생이세요? 하더라."

나는 아무 말도 못하고 얼굴이 발개졌다. 큰오빠는 다시 말을 이어갔다.

"아, 내 막내 동생은 네가 말하는 애랑 다른데? 이렇게 말해줬더니 영미가 '표상은이란 이름이 특이해서 딱 한 명뿐' 이라고 말하더라니까?"

"……."

큰 오빠는 말도 안 되는 소리라는 듯 허허 웃으며 말했었다.

"글쎄, 너를 잘못 알고 있는 동창이 있더라고."

그랬나보다.

내 안의 끼를 표출하지 못해 답답했는데 이경과 일본 여행가서 꿈을 통해 감춰진 진짜 나의 모습을 꺼내놓게 된 건 아닐까 생각됐다. 갑자기 남편이 늘 주의를 주었던 말이 생각났다.

'넌 끼가 많아 내가 늘 불안해.'

꿈이 아니라도 남편이 늘 섹스 후 하던 말이 또 생각났다.

"너는 절대로 다른 놈하고 섹스를 하면 안 된다고!"

"무슨 말이야?"

"한번 너랑 하고 나면 총각이라도 너를 놓질 못하고 난리칠 거니까!"

"풋, 말도 안 돼!"

"항상 다른 남자하곤 눈도 마주치지 말고 교회 목사라도 조심해야 한다고, 알았지?"

"나를 어떻게 보고 그런 소리를 하는 거야?"

짜증이 나서 소리를 버럭 질렀다.

"너 같은 여자는 남자를 미치게 하는 여자로 태어났으니 항상 몸단속을 게을리하면 안된다니까? 밖에 나가지 말고 조신하게 집에만 있으라고!"

남편은 더 큰 소리로 화를 내며 말했다.

지겹도록 들었던 말이다. 어려서는 부모님에게

귀가 닳도록 들었고, 결혼해서는 남편한테 귀가
닳도록 또 듣고 또 들었다 .

늘 의심을 하고 겁을 주니, 사실 남편하고 관
계를 할 때 마음껏 섹스를 즐기지를 못했었다.
그냥 가만히 수동적으로 있었다.

꿈에서라도 내가 하고 싶은 대로 마음껏 울부짖
으며 미친 듯이 몇 시간 동안 하고 나면 몸이 개운
했다.

'꿈에서라도 마음껏 하고 싶은 대로 해서 좋은
것도 같았다.'

그렇게 진한 섹스를 하고 나면 내 몸에 불순물
이 다 빠져 나가 마치 날개를 달고 구름 위를 걷
는 것 같은 황홀함에 빠졌었다.

그렇게 좋아하는 섹스를 다른 남자랑 하고 싶은
생각을 하지 않았던 건 아무래도 남편의 말을 늘
떠올렸기 때문이다. 남편이 늘 조심시키고 몸단속

을 시키니 죽을 때까지 다른 남자랑은 하지 않아
야 한다는 각오가 머릿속에 각인되어 있었다.

다른 친구들이나 혹은 회사 직원들이 불륜을
저질러도 상은은 절대로 얘기로만 듣고 대리 만
족할 뿐이었다.

'어려서부터 난 늘 나를 표현하지 못하는 아이
로 길들여져 있었으니까.'

*

고이경은 일본 여행 후 강인수가 은근히 전화를
피하는 눈치를 보여 화가 머리끝까지 차올랐다.

이경의 몸은 처음 보는 순간 전기에 감전되듯
강 전무를 향해 있었지만 처음부터 허락하면 쉽
게 보일까 봐 나름 참느라고 힘들었다.

값 좀 올리려고 애를 끓이게 만들어서 힘들게

몸을 허락할 것을 계획하고 일본 여행을 갔던 것이다.

그런데 막상 관계하고 난 후 슬슬 바쁜 척하고 예전처럼 몸이 다는 끈끈한 속삭임도 줄었다. 더구나 말소리가 사무적이고 괜히 허둥대는 꼴이 관계를 끊으려고 하는 것 같아 자존심이 하늘을 찌른다.

약 오르지만 남자 몸이라면 바지 자락이라도 잡고 붙들 수 있겠지만 보이지 않는 마음이 떠나는 것을 어찌 잡아 둔단 말인가?

애인으로 둬도 손색없는 잘생긴 외모에다 몸매 비율도 좋고 옷을 입고 있으면 품격이 났다. 잔근육들이 온몸에 퍼져 탄탄한 몸 움직임을 보이니 보통 섹시한 게 아니다.

장난칠 때 위트 있는 몸짓.

반갑게 웃으며 반기는 표정.

활짝 웃는 모습.

무언가 골똘히 생각하는 모습.

귀엽게 삐질 때.

목소리도 담백하고.

어려서부터 부잣집 도련님으로 자라서 그런지 몸에 밴 세련됨이 어지러울 정도로 사랑스럽다.

이경은 강인수를 떠나지 못하게 하려면 자꾸 새로워져야 한다는 강박이 생겼다.

이경은 성형외과를 가서 상담을 해야겠다고 마음먹었다.

산부인과도 찾아가 다시 더 쪼여 달라고 해야겠어!

상은은 타고 난 탄력이 있다지만 의학이 발달한 요즘 같은 세상에 자연적인 쪼임과 의학의 힘을 빌려 다시 쪼여 주는 것과 분명 의학의 힘이 더 클 거야.

'난 다시 태어나는 거야!'

눈도 앞트임, 뒤트임 다 해서 더 시원시원한 눈매를 만들고, 눈꺼풀이 늘어지는 느낌이니 상안 검을 해야겠다.

눈을 아래로 뜨고 거울을 보니 눈 밑이 늘어져서 나이도 들어 보이는 것 같다. 이왕 눈에 손을 대는 김에 하안검도 해 달래야지.

볼도 꺼져 가는 것 같은데 실을 넣는 리프팅도 해서 지금보다 10년은 젊어져야 해. 강 전무보다 연상인 여자 주제에 아무 시도도 안 해보고 연하의 남자를 영원히 내 것으로 하고 싶다는 건 이기적인 욕심일 수도 있어.

가슴을 하고 나서 자신감이 얼마나 넘쳤었나? 그때를 생각하니 잠깐의 고통 끝에 영원한 자신감을 가질 수 있는데 그까짓 아픔은 얼마든지 참아야 진정한 여자지, 안 그래? 이렇게 자신에게 질문한다.

'강인수는 다시 나에게 미칠 거야!'

'강인수가 상은에게 깊이 빠지지 않게 만들어야지. 빨리 새롭게 거듭나야겠어.'

'시간이 급하다!'

영원히 나만 바라볼 것 같을 땐 이런 조급한 마음은 없이 즐기기만 했는데 뺏길 수도 있다고 생각하니 강인수가 몇 배나 귀해 보이면서 그의 장점만 불쑥불쑥 튀어 나온다. 남녀 관계는 긴장상태의 텐션감이 있어야 한다.

남자의 그곳만 텐션감이 있어야 하는 건 아니지, 난 근데 이런 긴장 상태가 오히려 활기찬 기분이 들지 뭐야?

강인수와 나 사이에 상은이 등장하자 처음 강인수를 봤을 때 잘 보이려고 애쓰던 그날로 돌아가는 것 같다.

상은을 본부장으로 진급시켰다는 것은 분명 강인수가 상은의 능력을 높이 평가한 걸 거야.

나른했던 근육들이 삼각관계로 이어질 것 같자

늘어진 기타 줄의 버튼을 조여 현이 탱탱해지는 기분이 들었다. 역시 경쟁자가 있어야 살맛이 나는 건가? 후훗!

"김 실장님, 함박 웃으며 반겨 주시니 여기 올 때 무섭지 않다니까요."

"무섭긴 우리 병원이 뭐가 무서워요. 의술의 힘을 빌어 부족한 부분 채워 주는 곳이 무서울 리가요. 오히려 부족함을 채우려 하지 않는 자신감이 무섭지요."

"큭큭. 말 되네요."

"오늘 어디 상담하실 건가요?"

"네. 제가 요즘 피부가 늘어지는 것 같아서 조금씩 손을 볼까 해서요. 자연스럽게 표 안 날 정도로요."

"자연스럽지 않은 건 요즘은 성형도 아니죠. 어딘지 표는 안 나며 딱 보면 젊어지게 하는 게

우리 곽 원장님이시잖아요. 특히 고이경 회원님
이야 신경 더 많이 쓰시죠. 워낙 미인이시라…."

"원장님 뵙고 상담해 보고 결정할게요."

"넵."

잠시 후 이경과 원장은 면담을 시작했다.

"전 요즘 좀 나이 들어 보이는 거 같아서요. 연
예인들 보니 다 실로 리프팅 한다던데 한 10년은
젊어 보인다면서요?"

"사람에 따라 개인차가 있지만 우리 병원은 잘
끊어지지 않는 파워 이지 리프팅으로 그동안의 실
끊김이나 실 처짐을 방지한 실로 해 드리니까요."

"예뻐져야 할 텐데."

"주입된 실이 진피 층을 지속적으로 자극하여
콜라겐 생성 및 섬유화를 유도하니 한 번 시술로
한 5년에서 10년은 처지지 않고 유지될 겁니다."

"많이 아프겠죠?"

"한 3일 많이 붓고 아프지만 요즘 의술이 많이

좋아졌어요."

"이왕 하는 거 눈도 좀 만지고 싶어요."

"지금도 훌륭한데 아직은 뭐 안 만져도 되겠는데?"

"아녜요. 눈이 나이 들어 보이는 것 같아요. 시원하게 앞트임, 뒤트임, 위트임, 밑트임 다 해주세요."

"하하하, 이경 씬 너무 욕심이 많네. 제가 볼 때 앞트임 하기엔 눈 간격이 약간 좁아서 무리고 그냥 뒤트임 하고 하안검을 하죠. 살짝 눈 밑 처짐이 시작했으니까."

"진짜 젊어 보이겠죠?"

"당연한 걸 뭘 물어보세요. 실 리프팅은 10년은 젊어 보일 겁니다."

"수술 후 주의할 점은?"

"당분간 볼을 움직이면 안 되니까 딱딱한 거나 입을 크게 벌려 웃으면 절대 안 됩니다. 되도록 얼굴을 움직이지 않는 게 좋아요. 말할 때도 입을 벌리지 않는 최소한의 움직임이 좋아요."

"알겠습니다. 예약할게요."

다시 산부인과로 갔다.

'다 해 버리는 거야!'

쇠뿔도 단김에 빼랬다고 예뻐지는 데에 지체할 이유가 어디 있어?

'강인수는 영원히 내 거라고! 아무도 나와 비교할 수조차 없게 만들 거야!'

산부인과 원장과 상담을 시작했다.

"원장님, 저 이번에 다시 더 예쁘게 해주세요."

"음, 요즘 더 한 단계 업그레이드 된 엠보싱 기법이 있는데 상당히 느낌이 남다를 겁니다."

"그리고 소음순도 예쁘게 안 될까요? 처녀 때처럼 핑크색으로 되돌아가고 싶어요!"

"색을 바꾼다는 건 어렵지만 보통은 끝 부분이 어두워지는 거니까 끝을 조금 잘라내고 모양을 예쁘게 만들면 늘어져서 짙은 갈색이 된 부분이 없어지니 색도 연해 보이고 많이 예뻐질 겁니다."

"아픈 건 얼마든지 참을 수 있어요."

"이경 씨의 용기가 대단해요. 지금도 충분히 아름다운데 더 이상 아름다워지려고 한다는 건 욕심이 많으신 거 같아요."

"일등 해 본 사람이 또 일등하고 싶듯 예쁘다 소리를 자꾸 듣다 보니 미모로 누구에게 뒤처지는 게 진짜 싫어요."

"마치 연예인이 톱스타가 한번 되고 나면 남들은 마냥 부러워 하지만 정작 본인은 누가 나를 보고 늙었다고 하지 않을까? 인기는 떨어지지 않을까? 강박 증후군 증상처럼 항상 스트레스가 많은 것과 같은 맥락일 수도 있겠네요."

9

겨울이 시작되려는지 어설프게 춥다.

책을 보다가 따뜻한 차 한 잔이 생각났다.

다른 커피를 마시면 잠이 안 오는데 희한하게 '루왁' 커피는 몇 잔을 마셔도 괜찮다. 그래서 아무 때고 마실 수 있어 정말 고마운 커피다.

어떤 커피든 카페인이 있을 텐데 루왁 커피는 아무리 마셔도 잠을 제대로 잘 수 있다는 선입견이 그렇게 만드는 것 같다.

사람은 선입견이 얼마나 중요한지 상대의 첫인상을 통해 나만의 해석으로 뇌에 저장해 놓는다. 회사 출근하면서 본사 사장님의 첫 강의 때 들은 말이 상은의 인생에 좌우명처럼 자리를 잡았다.

'사람이 처음 만나 '안녕하세요?' 라며 인사하는 그 3초 재판에는 3심 제도가 없습니다. 그만큼 첫 인상이 좋아야 한다는 얘기겠죠? 특히 우리 같은 영업을 하는 직종이야 말로 첫인상이 중요한 건 두말할 필요가 없죠.'

다른 사람에게 자신을 각인시키는 일은 거의 3초 안에 결정 난다는 공감의 말을 하셨다.

아무리 고통 속에 있더라도 고객을 만날 땐 손거울을 꺼내 들고 미소 짓는 연습을 해보고 어느 정도 마음에 들면 딩동, 하며 벨을 눌렀다.

고객들은 상대에 대한 관심보다 본인에게 얼마나 잘 맞는 좋은 화장품이냐가 관건이다. 판매자의 힘든 입장을 먼저 꺼내면 그 세일즈는 일회성으로 구걸판매가 된다.

정당하게 제품으로 승부를 걸어 다음 구매까지 고객이 선택하고 싶은 마음이 이어지도록 밝고 환한 미소로 접근해야 하는 거다.

오늘도 꿈속에서 얼굴도 모르는 남성과 진한 섹스를 하다 소리가 나오지 않아 가위 눌리듯 발버둥 치며 잠에서 깨어났다. 평소에는 외면하는 섹스의 꿈을 왜 자꾸 꾸는지 뒤숭숭했다. 어디 가서 상담이라도 받아봐야 하는 건지.

딸 한나는 외지로 나가 대학을 다녀 바쁜 건지 이젠 전화도 자주 안 한다. 혼자 있는 삶이 참 쓸쓸하다. 남들은 집에 가서 남편 밥도 안 해 주고 애도 서울에 있으니 얼마나 편하고 좋으냐고 부러워들 한다.

'편한 삶이 정말 행복한 걸까?'
'삶도 사랑도 행복도 딜레마다.'

베란다를 통해 지나가는 자동차들을 바라본다. 쌀쌀한 초겨울 바람을 등지고 집에 가지 못한 자동차들이 서둘러 달리고 있다.

돌아갈 집이 있다는 건 참 고마운 일이다. 특히 이렇게 추운 날의 다른 집안 불빛들은 더욱 따스해 보인다. 비록, 그 안은 내가 여기서 바라보는 것만큼 따스하지 않을지라도….

쓸쓸한 겨울이다. 오늘따라 더 외롭다. 갑자기 사는 게 지루하다는 생각이 든다. 눈에서 소리 없이 눈물이 흐른다.

'누구한테도 말하면 안 돼. 나 살아 있는 거 알면 사채업자들이 가만히 안 둘 거야. 당신도 그리고 딸 한나도 크게 다쳐. 그러니 나를 어디 가서 죽었는지 소식이 없다고만 해. 몇 년만 참고 버티면 내가 돈 벌어서 돌아올게, 나 믿지? 사랑해.'

쓸쓸한 밤이면 남편이 떠나면서 했던 말이 자꾸 떠오른다. 살아나 있는 건지 이젠 연락이 올 때도 됐건만….

내가 이렇게 든든히 가정을 지켜내고 있다는 것을 알면 무척 기뻐할 텐데….

상은은 남편이 돌아오면 본부장이 되어 본사 간부급 대우를 받는다는 걸 자랑하고 싶고 칭찬받고 싶어졌다. 마음이 뿌듯했다.

회사에 출근해서 김 본부장과 인수인계를 하느라 정신없이 바빴다.

김 본부장 남편이 퇴직 후 쓸쓸해하고 힘들어하더니 결국 우울증이 심해져서 고민 끝에 남편의 뜻에 따라 귀농을 위해, 준비해 놓은 시골집으로 들어가기로 했단다.

남자들도 평생 다람쥐 쳇바퀴 같은 일을 하다 퇴직을 하면 그 상실감이 어마어마한가 보다. 정신과를 다닐 정도로 힘들었다니 그 마음이 오죽

했겠나?

고이경은 오늘 성형 수술로 인해 출근하지 않았다. 그런데 강인수 전무가 우리 본부를 방문한다는 연락을 보냈다.

'이경이도 없는 데 여길 왜 오지? 정말 이경이 말대로 나에게 관심이 있는 걸까?'

설마 고개를 갸우뚱 하며 의아했다.

이경이 어떻게 알았는지 강인수가 오늘 왔냐며 전화를 해서 따지듯 묻는다.

"오늘 강 전무가 우리 본부에 온다는 게 확실해?"

"그런다나 봐."

"오전에 오는 것도 아니고 왜 다 저녁에 온다는 거야?"

"모르지. 네가 전화 해 보면 되잖아?"

"전화를 안 받으니 그렇지?"

"왜?"

"아휴 몰라. 짜증나게 요즘 진짜 뭐가 되는 게 없어."

이경은 강인수가 자기한테 연락도 없이 온다는 게 아무래도 상은을 염두에 두는 것처럼 보여 화가 치밀어 미칠 것 같다.

'남자들은 오는 여자마다 하지 않는다더니 도대체 믿을 놈이 없구나.'

고이경은 강인수를 놓칠까 강박증인지 우울증인지 요즘 들어 죽고 싶다는 생각도 들고 술을 마시지 않으면 잠도 잘 오지 않아 힘들어한다.

상은이 퇴근 준비하는데 강 전무가 사무실로 들어왔다.

"안녕하세요? 강 전무님?"

"네, 반갑습니다."

"오늘 무슨 일이 있으신가요?"

"아니, 이 근방에 볼일이 있어서 잠시 들렀는데 저녁 시간도 됐고 같이 식사나 하시죠?"

"네? 네!"

다른 직원들은 거의 퇴근했고 김 본부장과 나와 셋이서 같이 식사를 했다.

식사가 끝나고 김 본부장이 시아버님 제사라 빨리 가봐야 한다며 서둘러 먼저 일어난다. 나도 집에 일이 있다고 일어나자 강인수는 나를 붙잡는다.

"표 국장님? 내가 술을 한잔 마셔서 그런데 내 차로 운전 좀 해 주실래요?"

"집이 서울이잖아요?"

"세종시에 제 아파트 있거든요. 어차피 표 국장님 집이 세종 시니까 같이 가죠."

"네? 전무님 집이 세종시에 있다고요?"

"별장처럼 쓰려고 호수공원 앞에 하나 분양 받아놨어요."

"네? 전 처음 듣는 얘기네요."

"여기 직원들은 아무도 몰라요."

"아, 네!"

상은은 너무 놀랐다. 하기야 돈 많은 사람들은 행정도시이며 기획도시인 세종시를 투자 겸, 별장처럼 쓴다고 하더니 멀리 있는 사람 이야기가 아니었다.

난 3년 동안 죽어라 일해서 대출 끼고 조그만 아파트 하나 장만해 놓고 분양 당첨 됐을 때 얼마나 기뻤던가? 밥을 굶어가며 죽도록 일해서 얻은 결과였다. 뿌듯했었다. 그런데 있는 사람들은 가끔 내려와 별장으로 쉬고 간단다.

'강 전무네는 프랑스 파리에도 별장이 있다 하니 하긴 이까짓 세종시가 대순가.'

할 수 없이 내 차는 회사에 놓아두고 강 전무차를 탔다. 대리운전을 하면 되지 돈 많은 사람이 왜 나보고 같이 가자는 건지 좀 의아했지만 기분이 나쁘진 않았다.

운전석에 앉으니 자동으로 의자가 맞춰지고 등을 감싼다. 참 좋은 차다. 몇 억은 할 것 같았다.

한참을 달려 세종시 호수 공원을 옆으로 지나고 있었다.

"와, 첫눈이 내리네요?"

강인수는 애들처럼 마냥 좋아하며 말했다.

"첫눈이 오네요."

강인수 차의 내비게이션에 세종이라고 저장된 대로 운전을 하고 오니 호수 공원이 보이는 아파트다.

"다 온 것 같아요. 전 여기서 가까우니 걸어서 갈게요."

"아, 내가 오랜만에 집에 오니 물도 없고 생활하는데 필요한 용품을 사야 해요. 여기 대형 슈퍼 있죠? 같이 좀 가줄래요?"

"음, 그래요."

남편은 늘 권위적이라 같이 다니며 장을 봐서 저녁을 만들어 먹는다는 것은 상상도 못했었다. 주변에 그런 부부들을 보면 부러웠는데 내가 어쩌다 평생소원을 강인수와 풀어야 하는지 어안이 벙벙했다.

같이 대형마트를 들러 기본 필요한 물, 화장지, 커피, 음료수, 맥주, 와인… 손에 잡히는 대로 필요한 물건을 골랐다.

강 전무는 카트를 끌고 상은은 집에 기본적으로 있어야 할 것들을 눈썰미 있게 빠르게 골랐다.

장을 보다 보니 둘이 선호하는게 거의 일치했고 같은 걸 고를 때마다 둘은 눈을 마주치며 웃었다.

'강인수와 꿈에서 섹스를 할 때보다 더 행복하다는 생각을 했다.'

둘은 미소를 주고받으며 다정한 연인들처럼 장바구니를 채웠다.

'꿈을 꾸는 것만 같다.'

"혼자 들고 들어가기에 좀 무린데? 같이 좀 들어다 줄래요?"

"네? 네, 그럴게요."

너무 정색하며 안 된다고 하자니 무안할 것 같아 그냥 시크하게 그러겠다고 했다. 엘리베이터에 둘이 타고 있으니 호흡하기가 편하지가 않고 숨 쉬는 소리가 불규칙하니 이상해지고 있었다. 집 앞에 들고 온 물건을 놓고 인사를 했다.

"저, 이만 돌아갈게요. 안녕히 주무세요."

"집에까지 온 사람을 이 추운데 따뜻한 차 한 잔은 대접해야죠. 표 국장님! 같은 직원끼리 내외하는 것 같아요? 회사일도 그렇고 차 한 잔 하며 얘기 좀 하다가 가요."

"아, 네. 그런데 늦은 시간에 남자 혼자 있는 집에 들어간다는 게 좀 불편해서요. 회사일은 내일 회사에서 했으면 좋겠습니다."

"하하, 이상한 걱정은 하지 마세요."

"아, 그런 게 아니라…."

내가 너무 내외 하는가 싶어 참, 어쩔 수도 없고 불편하기 그지없다. 우리 집과 달리 집 안에서 바라보는 호수공원의 뷰가 얼마나 아름다운지 궁금하기는 하였다.

"그럼 전 몸이 추우니 따뜻한 차 한 잔만 마실게요."

"알겠습니다."

거실에 들어가는데 한쪽에 피아노가 놓여 있다. 깜짝 놀랐다.

"혹시 저 피아노 직접 치시는 거예요?"

"네. 제가 피아노 전공했는데 모르셨구나?"

"아, 그렇군요. 늦은 시간만 아니면 한 곡 부탁할 텐데 아쉽네요."

"그럼 소리 좀 작게 한곡 쳐 드리죠."

갑자기 리스트에 '사랑의 꿈'을 악보도 없이

꿈결 같은 선율로 연주를 한다. 내 심장은 쿵, 쿵 거린다.

'이 남자 너무 멋있다.'

몸이 얼음 땡 놀이하다 얼음이 된 듯 그냥 굳어 버린다.

피아노를 마친 강인수는 아까 사온 과자를 뜯어 치즈랑 연어를 올려 간단하게 카나페를 만들어 와인 두 잔을 따라준다.

저런 것도 직접 하는 강인수가 정말 멋있어서 정신 똑바로 차리지 않으면 오늘 그냥 넘어 갈 것 같았다.

호수 공원 위로는 조명 받은 소나무와 무대와 호수 위로 눈이 바람도 없이 살포시 내려앉고 있었다.

멋진 남자가 만들어준 안주에 와인 한잔을 마시며 아까 쳐 줬던 피아노 선율을 더듬으며 천국이 있다면 아마 이런 곳이 아닐까? 생각했다.

강인수가 가까이 와서 앉으며 부드럽게 키스를 한다. 꿈결 같은 품에 안겨 잠시 정신을 잃고 받아들인다. 와인 향이 강인수의 날숨의 거친 호흡에 묻혀 내 입으로 들어온다.

온 몸에 힘이 빠져 나간다. 키스를 하면서 눈물이 흐른다. 잠시 몽롱한 의식에 빠졌던 상은은 갑자기 정신을 차리고 후다닥 몸을 바로 잡는다. 의식이 돌아오자 허둥지둥 백을 들고 뛰쳐나온다.

저렇게 잘난 남자가 나를 사랑해서 다가오는 게 아니고 일회성일 게 뻔한 것 같았다. 잠시 분위기에 빠질 뻔했다.

집에 와서 백을 열어보니 이경에게 온 전화가 30통은 넘는 것 같다. 전화를 걸까 하다 그냥 귀찮아졌다. 그리고 잠이 들었다.

강 전무가 음주운전을 할 수 없으니 세종 시에 있는 집까지 차를 부탁한다. 어차피 상은도 집이

세종 시라 거절하기도 그랬다.

차를 몰고 오는 데 둘이 좁은 차안에서 숨 쉬는 소리가 불편하다. 너무 조용하다. 무슨 말이라도 해야 할 텐데 강인수도 한마디가 없다.

다른 사람하고 차에 둘이 있어 본 적이 없는 게 아닐 텐데 오늘 따라 왜 이렇게 숨 쉬는 소리가 크게 들리지? 침을 삼키려 해도 침 넘어가는 소리가 들릴 것 같아 목울대를 조심스럽게 최대한 소리가 안 나도록 해야 한다는 게 신경 쓰인다.

한참을 달려 세종시 자전거 도로를 지나갈 즈음 강인수의 손이 내 허벅지로 올라온다. 내가 화들짝 너무 놀라니 오히려 강인수가 더 당황한다.

보통의 여자들은 이럴 때 가만히 있었을까? 놀라는 강인수의 표정을 본다.

강인수의 손은 뜨거웠다. 순간적으로 흥분이 되어 더 놀랐던 것 같다. 바지 위로 손을 얹었을 뿐인데, 내 허벅지에 내가 아닌 다른 사람의 손길이

닿으니 이렇게 짜릿하고 떨리는 것인가?

주차장으로 들어가 차를 주차하자 조용하던 강
인수가 거친 호흡으로 키스를 한다. 나도 미친 듯
이 받아들인다. 차에서 내려 엘리베이터 안으로
들어가자 또 둘이 뜨겁게 포옹한다.

집으로 들어가기가 무섭게 상은의 옷을 거침없
이 벗겨 버린다. 겉옷이 바닥으로 떨어지고 브래
지어가 벗겨지고 팬티까지 벗겨져 알몸이 된다.

나는 알몸인 채로 강인수의 옷을 하나씩 벗긴
다. 강인수의 벨트를 끄르려니 손이 달달 떨린다.
고개를 들어 쳐다보니 어서 벗겨 달라는 간절한
표정이다.

지퍼를 내리니 이미 무섭도록 성이 나 있었다.
혀로 부드럽게 애무를 시작하자 으으윽 괴성을 지
른다. 못 참겠는지 상은을 번쩍 안고 침대로 눕히
더니 가슴을 애무한다.

하아아악,

뜨겁고 거친 숨이 다시 아래로 내려가고 이미 질펀해진 깊은 곳을 혀로 핥아주니 기다렸다는 듯 애액이 줄줄 흘러내린다.

허벅지까지 흥건한 다리를 두 손으로 조심스럽게 벌려 깊고 깊게 안으로 넣어 둘이 하나가 된다. 몸이 불덩어리처럼 뜨거워지며 온 몸이 땀으로 범벅이다.

둘은 원래부터 하나였던 사람들처럼 조금도 어색함이 없었다. 땀이 많이 흘러 몸과 몸이 미끄러지며 온몸으로 흥분하였다.

둘은 미친 듯이 울부짖으며 세상에서 제일 행복한 선물을 주고받았다. 이게 꿈이라면 깨어나지 않았으면 좋겠다.

'둘은 이대로 하다 죽어도 여한이 없는 완전한 연주를 했다.'

밤을 새워 서로를 탐했다. 피아노를 완벽하게 연주하던 손이어서 그런지 여자도 마음껏 유린하고 연주했다.

'나는 최상의 악기로 변신되었다. 나는 참지 못하고 천상의 소리를 질러댔다.'

몇 번을 사랑을 하고 마지막 오르가즘에 소리가 터져 나오지 않으며 가위 눌리듯 하다 잠에서 깨어났다.

'신은 왜 남자 여자를 만들었을까? 하루의 마무리로 서로가 서로에게 해줄 수 있는 최고의 기쁨과 쾌락으로 또 내일을 버텨 내라고 힘겹게 살아가는 인간들에게 최고의 선물로 섹스를 허락했을까?'

꿈에서 깨자, 현실에선 다른 남자와 관계를 맺는다는 생각조차 꿈도 못 꾸면서, 꿈에서는 성에 굶주린 사람처럼 서로를 탐하는 음탕한 자신이 이해할 수 없었다.

'나는 이중인격자인 것 같다.'

강인수처럼 멋진 남자와 사랑에 빠질 수 있다면야 얼마나 좋겠냐마는, 평생을 살아도 각자가 찾는 그런 사랑을 만나기란 얼마나 힘든 일인가?

　세상에 태어나 모든 게 맞는 사람을 만나 사랑하고 산다는 게 과연 가능한 걸까? 만약 그런 사람들이 있다면 대단히 축복 받은 사람이다.

10

아침부터 이경에게서 전화가 또 불이 난다.

"상은이 너 어제 도대체 왜 전화를 못 받은 거
야?"

"나, 조금 바쁜 일이 있었어."

"너 혹시 밤새 강 전무랑 같이 있었던 거 아니
야? 어제 셋이서 저녁 먹었다며?"

"너, 나를 아직도 몰라?"

"둘 다 어제 내 전화를 안 받으니까 그렇지. 그
리고 남녀 관계란 아무도 모르는 일이잖아."

"네가 생각하는 그런 일 없으니까 걱정하지

마."

"알았어, 오늘 내 입원한 병원 좀 와주라. 혼자
누워 있자니 심심도 하고 할 얘기도 있어."

"알았어. 이따 보자."

상은은 전화를 끊고 이경이 성형수술한 병원의
입원실로 이경을 찾았다.

"얼굴 한번 멋지다, 풍선 아줌마가 따로 없
네."

"나 웃기지 마. 실 끊어져. 살에 안착될 때까지
조심하랬어."

"지랄도 풍년일세. 참 어이가 없다."

"이상하게 한번 손대면 계속 다른 곳이 신경
쓰이고 또 거기 보충하면 또 다른 데가 신경 쓰이
고 중독되나 봐."

"그러니까, 내가 처음에 하지 말랬잖아. 이럴
까 봐?"

"이젠 자꾸 조금 부족한 데만 눈에 들어오고 어딜 고칠까 거울만 쳐다본다니까."

"차라리 정신과를 가야 될 것 같다. 네가 가진 거에 만족 못하면 불행한 여자로 사는 거야."

"내가 정말 예쁜지 잘 모르겠어."

"지금 네 얼굴에 네 원래 예쁜 모습은 없어지고 점점 다른 사람이 네 얼굴을 차지하잖아?"

"야, 무서워. 이상한 소리 좀 하지 마."

"너야말로 무서운 얼굴로 점점 변하지 좀 말아라. 신랑은 너 성형하는 거 반대 안 하니?"

"우리는 이제 뭐 물어보고 하고 그럴 아기자기한 신혼이 아니잖아? 그냥 하숙생 같아, 때 되면 밥이나 차려주고 서로 부부로서의 대화를 잊은 지 오래다. 더구나 그 인간한테 이미 다른 여자가 있어."

"내가 갖지 못한 거에 대한 갈증은 있는데 막상 갖고 나면 왜 그렇게 하찮아 보이고 또 다른 걸 갖고 싶어지는 걸까? 네 남편도 그렇고, 너도 그렇고."

"부부간 정이 좋은 사람들은 식은 피자 조각도 처음 주문해서 왔을 때의 그 맛을 상상하며 초인적인 힘으로 그 맛을 붙잡고 있는 거지."

"그러지 말고 신랑 하고 다시 잘 해봐. 네가 천국으로 다시 올라 가려면 용서해. 너희 신랑이 예뻐서가 아니라 네가 천국에서 살아야 하니까 말야."

"용서라고? 절대!"

"네 남편 용서하지 않으면 넌 계속 다른 남자를 만나야 하고 그것도 한두 번이지."

"서로 지옥이더라도 지옥 안에서 적응해야지. 난 이미 천국은 의미 없어. 천국이 얼마나 지루한지 너 몰라?"

"지루하지만 편안하잖아."

"편안함? 그거 재미없어. 난 긴장과 고통 속에

서 순간순간 카타르시스를 느끼는 이 맛에 중독
되어 간다니까. 내 얼굴이나 몸에 칼을 대야 살
아 있는 존재감을 느낀다고! 푸하하."

"뭐래니?"

"지옥도 지옥 나름 스릴이 있고 살아가는 재미
가 있더라고."

"너 점점 미쳐 가는 것 같다?"

"내가? 너 아니고?"

"무슨 말이야?"

"너 아직도 한나 아빠가 돌아올 거로 믿고 있
잖아?"

"당연하지. 사채업자들이 얼마나 무지막지하
게 우리를 몰아 세웠는지 다 알면서 그래? 몇 년
만 피해 있겠다고 도망간 거였고 이제 연락이 올
때쯤이 된 거 같은데… 기다리는 중이야."

"정말 너 기억 안 나는 거야?"

"무슨 기억?"

"너 직장에서도 일도 잘하고 다른 건 다 기억하면서 왜 한나 아빠 얘기만 나오면 정색을 하고 기억을 못한다고 잡아떼는 거니?"

"잡아떼다니? 너 그런 말할 거면 나 집에 간다."

"그러지 말고 정신과에 가서 상담을 좀 해봐. 너 부분 기억 상실 같은 거 걸린 것 같아."

"미친… 너나 정신과 상담 좀 받아라."

"풋, 정신과는 너 같은 기억상실에 걸린 사람이나 가는 거지, 나는 오로지 예뻐지고 싶은 여자로서의 기본 욕망일 뿐이야. 참 나 전신 지방 흡입술 예약해 놨어. 요즘 강인수가 슬슬 나를 피하는 것 같아 스트레스 받아 마구 먹었더니 지방이 붙어서 입던 옷이 작아서 짜증나."

상은은 이경의 상태가 심각해지는 것 같아 걱정되었다.

"너 진짜 정상 아니야."

"요즘 같은 의술이 발달한 세상에 살면서 의학

의 힘을 빌리지 않는 너 같은 애들이 정상이 아니지. 예뻐지고자 하는 욕망은 죄가 아니거든?"

"우린 정말 이런 쪽에서 소통이 안 돼. 늦었다 가야겠다. 몸 조리 잘하고."

뒤통수에 대고 이경이 다짐하듯 물어본다.

"너 진짜 어제 강인수랑 정말 무슨 일 없었던 거 맞지?"

"궁금하면 강인수에게 직접 물어봐. 너 그렇게 자신 없어?"

이경은 왠지 어젯밤 둘이 잠을 잔 것 같아 불안해서 확인 겸 상은을 오라 했는데 상은의 아무렇지 않은 표정을 보니 의심할 만한 일은 없었던 것 같다.

상은은 한눈엔 보이지 않지만 제대로 알고 나면 은근 질리지 않은 매력이 넘치는 여자임을 같이 자라면서 충분히 보아왔기에 자꾸 더 신경이 쓰였다.

상은은 한편으론 이경이 불안해하는 마음도 이
해가 갔고 붙잡지 못할 남자를 잡기 위해 온 몸에
칼을 대고 있는 이경이 불쌍해 보이기도 했다.

예쁘면 뭐해. 만족을 못하는 이경인 예쁘지 않
은 여자와 다를 게 없다.

성형 중독으로 죽었다는 뉴스에 나왔던 영화배
우, 가수, 연예인들이 갑자기 떠올랐다. 고개를
저었다. 불길한 생각이 괜히 저주가 되어 이경에
게 갈까 봐 다시 한 번 머리를 흔들었다.

괜한 오지랖에 부정 타는 건 아니겠지. 아무
생각 없이 주차장을 빠져 나오는데 낯익은 차가
보인다. 순간 다시 한 번 눈을 돌려 확인하니 강
인수 차가 병원 주차장으로 들어간다. 젠장!

'양다리. 아니, 문어다리인가?'

　남자라는 동물들은 정말 진정한 사랑을 알기나 하는 걸까? 다가오는 여자 마다하지 않는다는 말이 다시 한 번 상기되며 어떤 유혹에도 남자에게 넘어 가선 안 된다고 다짐한다.

　요즘은 불면증이 더 심해져 요즘같이 긴긴 겨울밤엔 잠을 못 자고 서성댄다는 게 미치도록 고통스러울 뿐이다. 그나마 요즘은 애완견 사랑이라도 있으니 덜 외로웠다.

　상은은 어려서부터 혼자 집에서 잠을 자면 가위에 눌려 혼자 잠을 못 자는 희귀한 불치병으로 남모르는 괴로움을 안고 산다.

다행히 직원 중에 한 사람이 불안할 땐 애완견이 도움이 된다고 알려줘 바로 강아지를 입양했었다. 그리곤 다행히 혼자서도 잠을 잘 수 있어 얼마나 다행인지 기적 같은 일이 아닐 수 없었다.

혼자 집에서 잠을 이루지 못해 고통 속에 살다 보면 삶의 질이 현격히 떨어진다. 더구나 공포에 짓눌려 이러다 정신 분열이 일어나는 게 아닌지 하는 망상에 하루하루가 지옥이었다.

상은은 어떤 날은 그냥 잠에서 깨지 않고 자다가 죽었으면 좋겠다고 생각할 정도로 심각했다.

남편이란 작자는 도대체 언제 연락이 올지 살아나 있는 건지 궁금해 하다가 두통이 밀려와 머리를 싸매고 드러누워 몸을 동그랗게 말았다.

머리가 아플 때마다 포근했던 엄마의 자궁 속에서 보호받던 체위를 취하고 있으면 고통이 덜

했다. 잠시 그러고 있으면서 엄마의 냄새와 다정했던 엄마 얼굴을 떠올리면 통증이 신기하게 조금씩 멀어져 갔다.

몸을 일으켜 오래전 앨범을 꺼내들고 신혼시절 행복했던 사진을 천천히 들여다보았다.

딸 한나를 낳고 얼마나 기뻐했던가? 세상을 다 얻은 것처럼 좋아하던 모습이 사진에 그대로 담아져 있다. 한나는 한손으론 엄마 젖을 만지작거리며 세상에서 가장 아름다운 미소로, 행복한 얼굴로 한쪽 젖을 입안에 머금고 발장난을 치며 젖을 빨고 있다.

아이를 바라보는 내 모습이 참 젊고 순수하다. 아이가 처음으로 화장대를 붙잡고 스스로 일어나 놀라며 장한 표정으로 서 있던 모습, 첫 걸음마를 시작했을 때 자신도 신기하다는 듯 눈을 동그랗게 뜨던 모습, 서너 발작 떼다 주저앉아 우는 모습….

엄마를 닮은, 작은 나의 모습으로 한나는 그렇게 내 어릴 적 모습으로 앨범에 머물러 있다. 앨범을 한 장 한 장 넘기다 오랜만에 들여다 본 사진 속의 남편의 얼굴을 보니 갑자기 눈물이 주룩 흐른다.

오늘따라 남편의 품에 안겨 잠이 들면 좋겠다는 생각에 울다 지쳐 잠이 들었다.

강인수가 집으로 찾아왔다.

"웬일이세요?"

"미치게 보고 싶어서, 아니 하고 싶어서."

문을 따주기가 무섭게 들어와 키스를 한다. 옷을 벗기려 하자 상은이 멈칫한다.

"잠깐! 오늘은 우리의 완벽한 섹스를 위해 와인 한 잔?"

"한 번 하고 마시면 안 될까?"

몹시 서두르는 강인수를 달랬다.

"오늘은 서두르지 말고 천천히 즐기자고."

클래식 CD를 꺼내 조그맣게 틀고 와인과 치즈를 준비해 거실로 왔다. 술에 약한 상은은 와인 한 잔에 알코올 기운이 온 혈액을 타고 빠르게 돌자 얼굴과 몸에 기운이 빠지며 발갛게 달아 오르기 시작했다.

둘은 일어나 블루스 리듬에 맞춰 천천히 리듬을 타기 시작했다. 몸을 떼었다 살짝 붙였다 할 때마다 온몸에 전율이 일어난다.

와인 한 잔으로 온몸이 성감대로 변해 버렸나 보다. 부둥켜안고만 있는 데도 벌써 흥분이 된다. 호흡이 빨라지고 거칠어진다. 너무 세지도 않게 그러나 여자가 남자한테 꼬옥 안겨 행복함을 느낄 정도의 힘 조절을 할 줄 아는 강인수는 타고난 감각이 있는 것 같다.

그런 건, 경험이 많다고 노력한다고 되는 게 아닌 것이다. 조심스레 잠옷을 벗기자 알몸이 드러

났다. 한손으로 내 머리 뒤를 받치고 한손으론 젖
가슴을 애무하며 키스를 한다.

흐읍!

참았던 가쁜 숨을 몰아쉬자 번쩍 안고 침대에
눕힌다. 블루스를 추며 이미 준비된 내 몸이 더 이
상의 애무를 원하지 않았다. 섹스를 아는 사람은
말로 하지 않아도 서로의 표정만으로도 안다.

아까부터 빳빳해진 강인수의 성난 남성이 미치
도록 흥분되게 들어와 나를 마구 갖는다. 오래도
록 내 안에서 나를 몇 번이고 기절시킨다.

마지막 오르가즘에서 '하아아아악' 소리가 답
답하게 터져 나오질 않으며 가위 눌리듯 하다 잠
에서 깨어났다.

마치 섹스를 한 후처럼 온 몸이 땀으로 범벅이
고 몸이 아직도 식지 않은 채 달아올랐다.

'내가 미친 것 같다.'

따뜻한 외투를 걸치고 답답한 마음에 베란다로 나갔다. 시원한 바람이 가슴을 뻥 뚫었다. 그리고 깊이 들이마셨다.

겨울이 되니 더 쓸쓸하고 길어진 밤이 원망스럽다. 아직은 여자인 모양인지 자꾸 남편과의 잠자리가 그립고 몸이 무의식중에 혼자 달아 오르니 머릿속이 온통 꿈에서 한 섹스가 재현되고 정신을 차리기가 어렵다.

정신을 차리고 몸을 식히면서 현실에서 해결하지 못한 성욕을 꿈에서 자꾸 강 전무를 데려 와 쌓인 욕정을 풀곤 하는 내 몸이 불결해서 미치겠다. 잠을 깨고 나선 너무 부끄럽고 죄책감을 갖는다.

상은은 자신이 정상적이지 않은 것 같아 미치도록 괴로웠다.

'현실에선 의식이 지배하고 꿈에선 내 무의식이 지배하고, 나는 누구인가?'

이성이 깨어 있을 땐 성이 난잡한 사람을 경멸하면서 꿈에선 수시로 성 행위를 하고 그것도 적나라하게 기억으로 남으니 머리가 어지러웠다. 나도 나를 모르는 나에게 밤을 지배당하고 있다.

나의 무의식 속에는 유아기 때부터 가지고 있는 본능적 충동이 억압되어 끊임없이 이 소망을 섹스로 충족시키려 하고 있는 것 같다.

어려서부터 억압된 가정환경과 남편의 억압으로 억눌린 무의식이 나를 억제할 수 없는 충동에 사로잡히게 한다.

나의 사고와 행동은 합리적 이성과 주체적 선택에 따라 이루어지는 것이 아니라 통제할 수 없는 무의식에 의해 결정되는 것 같았다.

'무의식을 대표하는 게 바로 성욕이다.'

어디선가 본 꿈에 대한 말이 생각났다. 우리가 꾸는 꿈은 우리가 처한 현실, 감각, 자극, 그리고 무의식에 갇혀 있는 본능적 충동이 한데 버물린 결과물이라고 들었다.

그러니 내 꿈의 일부분만을 누구와 상담하고 이해를 구하려 한다는 건 난센스이다.

결과적으로, 상은은 스스로 어렸을 적부터 타고난 '끼'를 억압 받는 가정교육 환경 아래서 자라며 짓눌린 끼가 성이라는 욕망으로 표출되고 있다는 결론을 내렸다.

'이런 의식과 무의식이 충돌하여 정신이 분열되는 건 아닌지?'

강 전무를 보는 한, 꿈에서 계속 불러들일 것같아 걱정이 되었다. 드러나지 않았지만 한 남자를 가지고 이경과 계속 대치 관계로 가는 것도 신경이 쓰였다.

'차라리 내가 다른 회사로 옮겨야 하나? 아니지, 강 전무를 눈앞에서 보지 않는다고 꿈에서 다시 불러들이지 않는다는 보장이 있는가?'

12

고이경의 수술은 잘 끝났다.

이제 부기만 가라앉으면 10년은 젊어질 상상만 해도 기분이 날아갈 듯하다.

이경은 강 전무랑 다닐 때 사람들이 연상연하 커플로 바라보는 것이 부담스러웠다.

이젠 완벽한 외모와 주름살 하나 없이 확 실을 넣어 당긴 동안 얼굴이 10년이나 어린 강인수보다도 젊어 보이는 것 같아 하루 종일 거울이 뚫어져라 보고 또 봤다.

지금 한 달째, 빨대로 미음이나 주스만 마시지

만 세상에 거저 얻는 게 어디 있단 말인가? 고통이 따르지 않은 아름다움이란 있을 수 없다.

오늘은 어느 정도 부기도 가라앉았으니 회사에 다시 나가봐야 할 것 같다. 든든한 지사장들이 있으니 그나마 내가 이렇게 휴가를 얻을 수 있어 얼마나 다행인가?

내 조직은 본부장이 알찬 직원들로 채워줘서 거저 얻은 국장직 아닌가? 지금 무섭게 뻗어 나가는 조직의 강 지사장이 나를 누르고 국장직으로 올라가면 난 이제 팀장밖에 할 수 없을 텐데…. 걱정이 되긴 했다.

반면 상은은 처음부터 탄탄한 조직력을 갖추고 직원들을 다루는 걸 보면 그 실력을 인정하지 않을 수 없다. 상은은 정말 어려서부터 뭐 하는 거 보면 똑 부러지는 게 여간 능력자가 아니다.

그러니 상은을 이길 방법은 더 예뻐지는 길뿐이다. 불안해지는 이경이 서둘러 회사로 향한다.

강 전무는 상은의 본부장 건으로 올 연말까지 대전에 상주하게 되었다.

김 본부장은 이제 퇴직을 앞두고 거의 회사 일에서 손을 놓다시피 하였다.

상은과 강 전무가 수시로 같은 사무실에서 일을 하고 부딪치고 있었다.

"표 국장님? 오늘 저녁 같이 할까요?"

"네? 아, 전 오늘 직원들과 회식 있어서요."

"그럼, 식사 끝나고 우리 세종시에서 간단히 맥주 한잔 할까요? 기다리고 있을게요."

"전, 사실 술 좋아하지 않아요. 회사 생활하다 보니 할 수 없이 술자리에 참석하는 거예요. 강 전무님 전화 기다리는 술 잘 마시는 다른 직원하고 한잔 하세요."

"에이, 내가 술친구가 없어서 표 국장이랑 마시려고 하겠어요? 할 말도 있고요, 늦게 끝나도 좋으니 이따 연락하세요."

"전 오늘 직원들과 2차까지 가기로 했어요."

"잠 안 자고 기다릴게요."

"전무님? 일 외의 시간은 밖에서 갖지 않았으면 합니다."

"표 국장, 너무 빡빡하게 그러시네. 우리 키스도 한 사이면서."

"뭐라고요? 키스 한번 했다고 책임지라는 드라마 찍어요?"

상은은 언성을 높였다.

회사 직원들하고 마시는 것보다 강 전무와 같이 있고 싶지만, 여자들을 쉽게 생각하는 저 바람기 많은 강인수를 받아줄 순 없다.

아줌마들의 명예를 걸고, 난 넘어가지 않아야 한다는 오기가 생겼다.

'꿈은, 꿈이니까 가능한 거지. 어디다 대고 장난을 쳐?'

갑자기 고이경이 사무실로 들어오며 강인수에게 버럭 화를 내고 책상 위의 서류니 노트북을 마구마구 집어 던진다.

"고이경? 지금 뭐하는 거야?"

강인수가 화를 벌컥 낸다.

"지금 어디다 대고 작업질하다 눈을 동그랗게 뜨고 쳐다봐? 똥 눈 놈이 성낸다더니?"

"여긴 개인적인 일로 떠들고 할 장소가 아닌 것도 몰라?"

"어, 그래, 난 모른다. 그럼 잘 알고 있는 당신은 여기서 내 친구에게 작업 걸고 뭐하는 거냐고. 아아악!"

"할 말이 있어서 그런 거지. 작업은 무슨? 뭐 눈엔 뭐만 보인다더니."

"어이없네, 내가 둘이 대화하는 걸 다 들었거든? 그리고 뭐 키스를 한 사이였어? 둘이?"

상은은 직원들도 몰려오고 창피해서 이경을 달

래려 가까이 갔다. 그러나 이경은 질투에 눈이 멀어 상은에게 손찌검을 했다.

"더러운 년! 내숭은 있는 대로 떨더니 겨우 친구 애인하고 지랄을 했구만!"

"지금 너 뭐하는 짓이야? 오해가 있으면 말로 하자. 직원들 앞에서 창피하지도 않니?"

"창피? 나랑 그런 사이인 줄 알면서 놀아난 네가 창피한 거 아냐?"

상은은 나가서 얘기하자고 이경을 밖으로 떼어 밀었다.

"나가긴 어딜 나가? 혹시 내가 직원들 앞에서 네 신랑 죽었다고 말할까 봐 또 두려운 거니?"

"우리 신랑은 죽은 게 아니고 잠시 어디론가 떠나 있는 거 너도 알잖아! 사채업자들 눈 때문에 도망가 있는 거 아는 친구가 엉뚱한 소리를 하고 그래?"

"또, 또, 저 헛소리. 넌 일할 땐 무섭도록 똑똑

하면서 왜 남편 죽은 얘기만 나오면 허둥거리는 거니?"

"너 지금 무슨 정신 나간 소리야?"

"정신 나간 건 너지? 넌 그날 얘기만 나오면 딱 모르쇠로 나오는 게 아무래도 수상하단 생각이 들었어."

"우리 남편이 죽다니? 어디 가서 죽었나 보다고 말한 건 남편이 시켜서 그런 거야."

"상은아! 너 지금 그렇게 모르는 척 하는 거 보니 혹시 남편을 네가 천변으로 떠밀어 버린 거 아니니?"

"너 정말 돌았구나?"

"아하하하! 돌긴 네가 돌았지? 그때 이후론 넌 뭐든 네가 불리할 일이 있으면 기억이 안 난다며 꿈을 꾼 거 같다고 헛소리로 일관하잖아."

"넌 지금 정상이 아니야. 여기서 나가라고!"

"그때 한나 아빠 사인이 정확치 않아서 증거

불충분으로 술 마시고 발을 헛디뎌 물에 빠진 사고사로 급하게 마무리 했지만 뒤에선 말이 많았거든?"

"미친, 나야말로 널 정신과에 벌써부터 데리고 가고 싶었다. 고이경! 성형 좀 그만해! 알코올 중독만 정신과 치료받는 거 아니거든? 성형도 너 정도면 심각한 정신병자 수준이야!"

"왜 화살을 나한테 돌려? 자살인가? 타살인가? 사업에 실패하고 부부싸움을 심하게 했다던데 타살이라면 술 취해 천변을 걷던 사람을 누가 밀어 버렸을까?"

"너, 넌 무슨 소릴 하는 거야. 남편을 내가 죽였다구? 말이라고 다 말인 줄 아냐~ 너, 정말 이 정도밖에 안 되는 친구였냐?"

"난 네가 진작부터 의심이 갔었어. 친구니까 그냥 묻어버린 거야. 알지도 못하면서."

'남편을 죽인 건 너야!~' 하며 고함치는 이경

의 모습을 보자 상은은 숨을 쉴 수가 없었다. 그
리고 그만 정신을 잃었다.

13

이경과 심하게 다투고 나서 정신을 잃었다 잠
에서 깨어나 보니 집이었다. 누가 데려다 주었나
보다. 기억이 없다.

'상은아! 너 지금 그렇게 모르는 척 하는 거 보
니 혹시 남편을 네가 천변으로 떠 밀어 버린 거
아니니? 그때 이후론 넌 뭐든 네가 불리할 일이
있으면 기억이 안 난다며 꿈을 꾼 거 같다고 헛소
리로 일관하잖아. 그때 한나 아빠 사인이 정확치
않아서 술 마시고 발을 헛디뎌 물에 빠진 걸로,

사고사로 급하게 마무리했지만 뒤에선 수군수군 말이 많았거든?'

자살? 타살? 기억이 나지를 않는다. 이러다 머리가 어떻게 될 것 같다.

이경의 마지막 외침이 또 들려온다. 동굴 안에서 소리치는 것처럼 웅, 웅, 거린다.

'자살인가? 타살인가? 사업에 실패하고 부부싸움을 심하게 했다던데 타살이라면 술 취해 천변을 걷던 사람을 누가 밀어 버렸을까?

~~누가 밀어 버렸을까?

~~누가 밀어 버렸을까?

마지막 말이 계속 귀에 메아리친다.

~~누가 밀어 버렸을까?

계속 반복되며 이경의 외침이 수시로 메아리처럼 울려 퍼진다. 머리가 깨지게 아프다. 몸을 동그랗게 말고 다시 자궁 속 들어앉은 태아의 모습으로 몸을 말고 엄마를 떠올리자 머리가 조금씩

맑아진다.

딸 한나에게 전화를 걸었다.

"엄마 새벽에 무슨 급한 일 있어?"

"아니, 아빠가 진짜로 죽은 거니?"

"엄마, 진짜 왜 그래? 내가 아빠를 가지고 장난을 하겠어?"

"그럼 정말 아빠가 죽었다는 거구나~. 난 정말 아빠의 사고사를 믿을 수가 없어. 전혀 생각이 안 나!"

"엄마, 자꾸 그런 이상한 말 하면 정신과에 가야 돼, 가서 상담을 받아야 해."

상은은 가슴이 벌렁거렸다.

"미치겠네. 아빠가 사람들에게 죽은 것처럼 말하라 해서 난 남들이 죽었다고 알아주는 게 다행이라고만 생각했는데 머리가 돌 것 같아. 일단 끊자."

오열을 했다.

사채업자들이 잔인한 표정으로 묻어버린다는 말에 겁에 질려 도망간 남편이 아직 연락이 없어 정말 죽은 게 아닐까? 두려울 때도 있었다.

그러다 흠칫 놀라며 이런 마음이 혹여 살아있을 한나 아빠를 부정 타게 하는 일일지 몰라 속으로 떨면서 누구에게도 상의하지 못했던 일인데 내 남편이 죽었다니?

아아악! 말도 안 돼!

다시 남편의 환청이 들려온다.

'누구한테도 말하면 안 돼. 나 살아 있는 거 알면 당신도 그리고 우리 딸도 다쳐. 그러니 날 어디 가서 죽었는지 소식이 없다고만 해. 몇 년 만참고 버티면 내가 돈 벌어서 돌아올게, 나 믿지? 사랑해.'

남편과 난 집안의 도움 없이 대학을 다녀야 할
정도로 가난했다. 돈 없고 백 없는 사람이 할 수
있는 건 세상에 공부뿐이라고 믿었고 둘은 악착
같이 도서관에서 공부했고 도서관이 유일한 데이
트 장소였다.

　가난했지만 물질의 빈곤이 우리 사랑을 막을
순 없었다. 우린 건강했고 아직 젊었기에 미래를
바라보고 악착같이 살았다.

　결혼을 했고, 그 축복의 결과로 딸 하나가 탄
생했다. 말할 수 없는 기쁨이었다.

　딸 하나를 열악한 환경에서 키울 수 없다는 다
짐을 했다. 그리고 모든 삶의 한나에게 걸었다.
딸애를 번듯하게 키워보겠다는 우리 부부는 어떤
고통도 참아낼 수 있었다. 물질적으로 딸 하나를
풍족하게 해주고자 20여 년 동안 열심히 재산을
모았다. 그러나 하루아침에 사채업자에게 넘기고
말았다. 모든 게 원망스러웠다.

남편은 흥분해서 말했다.

"우리가 열심히 살아온 결과로 이번에 일확천금의 기회가 왔어!"

"세상에 일확천금은 없어."

"쯧, 남편 하는 일에, 잠자코 보고 있으면 돼!"

"난 지금 우리가 이 정도 위치에 있는 것도 감사하고 있어."

남편이 더 큰 욕심을 내는 데 불안했다.

"내가 연애할 때 당신한테 해준 게 없는데도 나를 선택해 준 그 마음 잊지 않아."

"그거야 나도 마찬가지 조건이었는데 뭐."

"남자랑 여자랑은 또 다르지."

"난 그냥 지금 이대로도 감사해. 생각을 바꿔 보면 안 돼?"

"물 들어올 때 노 젓는 거야."

"만에 하나, 잘 안 됐을 때 우리 가정은 어떻게 되는 거야?"

"조건 없이 나를 선택해 준 그 마음 고마워서라도 당신 평생 돈 방석에 앉게 해 주고 싶어."

욕심껏 투자했다가 망해 버린 것도 억울한데 남편은 평생 힘들게 번 돈을 써보지도 못하고 전 재산을 사채업자에게 넘겼다. 그 결과로 남편은 물에 빠져 죽었다니?

'있을 수 없다.'

'죽은 걸 인정할 수 없다.'

'환생이라도 해서 다시 살아나야 한다.'

오열을 했다.

남편이 불쌍했다. 그 지긋지긋한 가난에서 벗어나려고 했던 급한 마음이 돌이킬 수 없는 결과를 가져왔다.

'허황된 욕심이 죄를 낳은 것이다.'

신혼 때보다 더 지독한 가난에 살아야 하는 게 힘들어 자살했나?

'아님, 내가 정말 이경이 말대로?'

아니야, 내가 아무리 남편이 사업에 망했다 해도 밀어버릴 정도의 독한 여자는 아니다.

그런데 갑자기 내 심장이 왜 이렇게 두근거리고 숨 쉬기가 힘이 들지?

만약 내가 밀었다면 내가 자주 듣는 남편의 소리는 내가 지어낸 말이란 말인가?

진정 내가 나를 두려워 지어낸 말인가?

'남편의 죽음이 충격이 아니라, 남편을 밀어버린 내가 충격이라서 기억을 못하나?'

사람들이 살인자! 살인자!라고 손가락질하며 달려오는 것 같다. 또 머리가 아프다.

난, 어쨌든 남편이 죽은 미망인이었구나. 받아들이기 힘들고 괴로웠다.

남편이 돌아오면 세일즈에 성공한 내 모습을 보고 정말 수고했다, 고맙다고 진심어린 위로를 받고 싶었다.

이젠 행복하게 남은 인생을 서로 아끼며 살아
보려 했는데…. 이젠 나에게 행복한 미래는 없는
거라니?

이경과의 다툼이 있었던 이후,

꿈에서 남편과 외식을 하고 돌아오다 심하게
싸우는 '장면 1과',

답답하다고 천변을 좀 걷자고 해서 같이 걷기
싫었지만 술 마신 사람을 혼자 걷게 할 수 없어서
억지로 따라 가는 '장면 2와',

다시 다투는 장면과 그리곤 흩어진 퍼즐처럼
순간적으로 내가 힘을 주어 남편을 밀었나? 아니
남편이 발을 헛디뎌서 잡으려고 했던가?

아니, 잡으려는 힘이 세서 나를 물에 빠트리는
걸로 오해하고 몸을 돌려 빼다가 남편이 무게 중
심을 잃고 빠졌던가? '장면 3'이 떠오른다.

너무 빠른 흩어진 장면들이라 잘 기억이 나지 않는 끔찍한 꿈을 꾸었다. 정말 꿈이 너무 불쾌했다.

정확한 장면이라면 차라리 좋겠는데, 밀었든 밀침을 당했든 정확한 장면을 보고 싶어졌다. 정지 장면을 눌러 정확한 판독이라도 해보고 싶다.

흩어진 유리 조각 같은 파편처럼 순간 떠올랐다 없어지는 장면으로 더욱 혼란스럽다.

아무리 그날을 다시 기억해내려 해도 머리만 아플 뿐 도통 기억이 나지 않는다. 내 기억 창고는 그날 일이 송두리째 사라졌다.

다시 꿈을 꾸면 그 장면이 정지 화면이든 슬로 장면으로 보이든 했으면 좋겠다.

'나는 살인자인가?'

남편은 무리한 사업을 하다 사채업자에게 쫓기던 중, 겨우 힘들게 007작전으로 만났는데 서로 감정이 격해져서 싸웠던 일이 있었던가?

'능력 이상의 사업을 벌일 때 난 이미 망, 할,
줄 알았다고!'

그렇게 소리를 질렀든가?

그래서 남편이 술 취하고 열 받은 김에 나를 죽
이고 죽으려고 했든가?

아님, 내 말을 귓등으로도 듣지 않던 남편을
죽이고 싶도록 원망했었던 내 무의식이 튕겨져
나와 밀어 버리라고 명령했든가?

뭐가 뭔지 모를 생각만 거듭되고 혼자 시나리
오를 이렇게 썼다 저렇게 썼다 정신이 없다.

'다만, 진실을 알고 싶다.'

떨리는 마음으로 기억상실의 원인에 대해 인터
넷 검색을 해봤다.

해리성 기억상실 증상 중엔 심인성 기억 상실
이라는 건망증과 심인성 둔주와 다중인격이 설
명되어 있다. 일단 심인성 기억 상실부터 천천히

읽어보았다.

심인성 기억상실이란 뇌의 기질적 손상 없이 기억에 저장되었던 개인적인 중요한 사항에 대한 기억 회생 능력이 급작스럽게 마비된 상태를 말한다.

즉, 기억 회생의 장애 일종으로 기억이 회복되면 정상인으로 돌아온다고 한다.

다행한 것은 회사 일에는 전혀 문제가 없다고 되어 있어 너무나 다행이었다.

'남편의 죽음이 기억체계가 망가질 정도로 나에게 그렇게도 큰 충격이었을까?'

자신에게 질문한다.

회사 직원들은 이경과 싸웠던 일을 내색해 보여주지 않는다. 강 전무도 내 눈치를 보며 일에 집중하다가 살짝 나한테로 눈을 돌리기도 한다. 내가 방어하지 않는다는 표정을 읽었는지 말을 다시 건다.

"나 때문에 친구 간에 곤란해지게 됐는데 사과
도 할 겸 저녁 같이해요?"

"그럴까요?"

저녁 약속을 쿨 하게 받아준다.

둘이 연인처럼 식사를 하고 술도 한잔 했다. 사
람들은 잘난 강인수에게 자동으로 눈이 돌아가고
그 다음 나에게 눈길을 보내고는 흘끔거리며 쳐
다본다.

술을 마시고 알딸딸해지니 이 남자가 너무 멋
있다. 이 정도는 돼야 나의 섹스 파트너라고 할
수 있지.

'강인수는 내 무의식 세계에서 나의 섹스 파트
너란 걸 알기나 할까? 풋.'

강인수가 우리 집에 와 보고 싶다고 한다.

"좋아, 우리 집에 가서 커피 한잔 해요."

쿨 하게 말하는 나를 의아하게 쳐다본다. 둘은

같이 다정하게 집으로 들어갔고 다정한 눈길로 커피 한잔을 마셨다. 집은 따뜻했다.

둘은 또 불같이 뜨거운 사랑을 했다. 온 몸이 땀으로 흥건하다. 배꼽까지 땀이 고여 있다. 무슨 땀이 그렇게 많은지 모르겠다며 장난도 치고 애무를 하며 또 다시 사랑을 하고 강 전무의 남성을 꽉 물어 버린 채 내 깊은 곳에서 지진이 일어난다.

강인수가 나를 꼭 안은 채 내 얼굴을 두 손으로 자기 얼굴에 고정시키며 꿀이 뚝뚝 떨어지는 달콤한 목소리로 묻는다.

'우리 같이 맛있는 섹스를 하는 사람들이 있을까?'

'음, 아마도….'

'우리처럼 하는 사람은 없을 걸.'

'궁금해서 그런데, 어떻게 그렇게 돼?'

'아, 나? 풋, 비밀인데. 혼자만 알고 있어야

돼? 여자가 맛있으면 계속 이렇게 되지.'

둘이 마주보고 장난스럽게 웃는다.

잠에서 깨어보니 강인수가 어느새 가고 없었다.

'말도 없이 갔네?'

준비를 하고 회사에 나갔다.

회의를 마치고 강인수와 둘이 한 방에 있었다.
커피 한 잔을 가져다 주어 고맙다고 눈인사를 하
며 물었다.

"새벽에 나간 거야?"

"네? 무슨 말이죠?"

"어제 우리 집에서 나랑 같이 잤잖아?"

"우리가 어제 같이 있었다고요?"

고이경이 나를 보고 한심하다는 눈빛을 보였을
때처럼 강인수의 표정도 정신병자 아닌가 하는
의구심으로 쳐다본다.

난 지금 꿈과 현실을 구분을 못하는 것 같다. 정신분열 증세가 너무 심해진 것 아닌지 겁이 덜컥 났다.

정신과를 가봐야 되겠다. 어젠 정말 꿈이 아닌 현실이었던 것 같은데? 내가 왜 이러는 거지?

'그런데, 정신병원 가는 게 왜 이렇게 떨리는 걸까?'

14

회사에도 나오지 않은 고이경이 잠깐 만나자고
전화가 왔다. 국장인 고이경의 출퇴근 시간이 형
편없었다. 이 기회에 고이경의 근태 문제를 본사
에 보고해야겠다고 생각했다.

'도대체 회사를 장난으로 다니는 것도 유분수
지, 아무리 친구라지만 더 이상 봐 줄 수가 없어.'

'예쁘면 예쁜 거지? 그게 그렇게 회사 출퇴근
도 지키지 않아도 된다는 이유가 되진 않잖아?'

다음 달 내가 본부장되면 고이경 버릇을 고쳐
놓기 위해 시말서를 받든지 해야겠다고 생각했다.

약속 장소에 나가고 싶지도 않았지만 화해는 해야 될 것 같았다. 더구나 고이경 입장에서는 내가 강 전무와 키스 얘기를 건넸으니 오해를 살 만하고 미안한 마음도 들었다.

그리고 무엇보다 남편의 죽음에 대해 내가 오해했던 부분도 있었으니까. 정말 난 내 기억 속에서 남편의 죽음을 그렇게 통째로 사라지게 할 정도로 충격이었다는 게 아직도 아리송하다.

뭐가 뭔지 정신이 하나도 없다. 자꾸 머리가 어지럽다.

이경이 얼굴 성형 수술 후 부기가 완전히 빠지니 10년은 젊어진 예쁜 모습으로 커피숍에 앉아 있다. 내가 남자라도 저 미모에 안 넘어 가기가 쉽지 않을 것 같다.

이경은 하는 짓은 밉다가도 공주같이 예쁜 자태를 보면 일단 반갑다.

"너 정말 젊어 보인다. 내가 언니나 이모 같다야."

"풋, 고맙다."

이경은 예쁘다는 소리를 평생을 듣고도 지겹지 않은가 보다. 그저 좋아 죽는다.

"너도 리프팅 해. 한 달만 고생하면 10년은 젊어져."

"아이고, 무섭다. 난 학교 다닐 때 예방 주사도 맞기 무서워 순서 되면 뒤로 가고 또 뒤로 가고 심장이 벌떡 거린 애라는 걸 잊었니?"

"맞아. 넌 겁이 엄청 많았지. 결국 맨 뒤에서 선생님한테 잡혀서 맞을 걸 왜 그렇게 뒤로 가는 거야?"

"몰라, 난 두려우니까 어린 마음에 일단 뒤로 가고 보자였나 봐."

"하여튼, 넌 세상에서 제일 겁쟁이였으니까. 풋."

"그것뿐이냐? 학교에서 나 연필 깎다가 손끝 조금 베었는데 팔뚝 전체가 썩어 나가는 것 같다고 엄살을 떠니까 네가 같이 병원 가준다고 따라가면서 했던 말 때문에 갑자기 그냥 돌아온 거 생각 나냐?"

"아하하, 병원 가면 마취도 안 하고 소독약으로 문질러서 생으로 꿰매야 한다니까 병원 문 앞에서 네가 갑자기 하나도 아프지 않다고 참겠다며 다시 돌아간 사건?"

"그래, 난 주사도 못 맞고 병원 문 앞도 못 가는 사람인데 어떻게 예뻐지겠다고 얼굴이나 몸에 칼을 대겠냐?"

"그렇긴 그러네."

그때 그 모습이 떠오르는지 둘이 가볍게 웃는다. 아무 일 없었던 것처럼 둘이 수다를 떨고 즐거운 시간을 가졌다.

잠시 조용히 있던 이경이 무슨 말을 하고 싶은

듯 자세를 바로 잡는다. 무언가 자랑을 하고 싶은 미소와 함께 이경이 드디어 오늘 할 말 있어 불렀다고 하며 자랑스럽게 얘기한다.

"상은아, 나 있잖아. 어제 강인수랑 잤다?"

"무슨 말이야?"

"나 어제 강인수랑 같이 잤다고, 한동안 뜸했었는데 우리 다시 만나기로 했어. 그리곤 같이 진짜 뜨거운 밤을 보냈지."

"뭐라고? 어제 강인수는 나랑 잤는데?"

"얘가, 얘가 또 정신 나간 소리 하고 있네? 하하하."

상은은 기분이 몹시 언짢았다.

"상은아, 기분 나쁘게 듣지 말고 내 말 잘 들어. 넌 지금 남편의 사망 이후 수시로 정상이 아닌 이상한 말을 하고 있다고!"

"기가 막혀, 내 걱정 말고 너나 걱정 해."

"나랑 강인수랑 어제 강인수 집에서 같이 사진

찍은 것도 있는데 보여줘야 믿겠니?"

"뭐라고?"

"너 정말 나랑 정신과에 한번 가보자."

"너 지금 내가 미쳤다고 생각하는 거야?"

"야, 요즘은 꼭 미쳐야 정신과 가는 시대는 아니야. 현대인들이 불안증, 우울증, 공황장애, 기타 여러 가지 정신적인 문제를 감기 걸리면 병원 가듯, 그냥 편하게 내 정신 건강을 상담하는 곳이니까 가볍게 생각하면 돼."

"그래, 알았으니까 너나 가 봐. 충분히 예쁜데도 항상 넌 만족을 못 느끼고 수시로 멀쩡한 얼굴과 몸에 칼을 대잖아."

"상은아, 가끔 남편의 목소리가 들린다며?"

"마지막 떠나면서 했던 말이 들리지."

"그게 환청이고, 네가 지어낸 망상이라고."

"아, 짜증나게 진짜, 너 계속 이럴 거면 우리 만나지 말자. 그리고 너 이런 식으로 회사 수시로 휴가내고 할 거면 내년부턴 내가 본부장으로 있는 한 용서 안 돼."

"나? 나는 강 전무가 있는 한 네 맘대로 어려울 걸?"

"국장이면 국장답게 타의 모범을 보여줘. 몸뚱이로 승부를 걸지 말고!"

분위기 좋았다 정신과 얘기를 하자 화가 치밀어 오른 상은은 막말을 던져버렸다.

집으로 돌아오며 다리가 후들후들 떨렸다.

정말 난 정상이 아닐지도 모른다는 생각이 들자 더 살아서 뭐하나 죽고 싶다는 생각을 했다. 현실과 꿈이 자꾸 뒤죽박죽 어느 게 현실이고 어느 게 꿈인지도 분간이 안 간다. 눈물이 흘렀다.

병원 가기 전에 일단 정신분열 환자에 대해 검색을 해 보아야겠다고 생각하니 마음이 진정이 안됐다.

태어나서 내 마음대로 표현도 못하고 하고 싶은 것도 못해보고 참고만 살았는데 착한 딸로, 착한 아내로, 착한 엄마로, 그리고 정말 열심히 일해서 이 자리까지 왔는데 그 결과의 값이 정상인이 아니라는 정신분열 판정을 받는다면 난 차라리 죽고 말 것이다.

'여자로 태어난 게 그렇게 죄란 말인가?'

가슴이 미어지고 마음이 아팠다. 그런데 병원에 가보긴 해야 하는데 병원에 가면 그날로부터 정신병자라는 주홍글씨를 달고 살아야 하는지도 모른다는 불안감이 밀려왔다.

운전을 하고 집으로 돌아오는 내내 무섭고 떨리고 떨렸다. 생각을 골똘히 하다 신호등도 위반하고 사고가 날 뻔했다. 경적 소리에 기겁을 하고 놀라고, 남편이 물에 빠져 죽은 장면이 떠올라 감짝 놀라고, 남편이 조금만 기다려 달라는 환청이 또 들려와 머리가 어지러웠다.

'누구한테도 말하면 안 돼. 나 살아 있는 거 알면 당신도 그리고 딸 한나도 다쳐. 그러니 날 어디 가서 죽었는지 소식이 없다고만 해. 몇 년 만 참고 버티면 내가 돈 벌어서 돌아올게, 나 믿지? 사랑해.'

불안하고 불안했다. 눈물이 하염없이 흘렀다.

집에 들어오자마자 옷도 벗지 않고 인터넷 검색을 해 보았다.

'큰일 났다.'

딸 한나가 걱정이 된다. 치료는 가능한 걸까?

세상에 온갖 걱정은 다하며 잠을 잤다. 의술을 믿어야지.

그래도 안 된다면….

15

　상은은 자고 나서 기분이 상쾌해져 내가 이렇게 정상인데 무슨 미친 거야? 말도 안 돼. 정신과는 우선 급한 게 아닌 것 같다.

　조금 더 다른 증상이 나타나면 그때 병원엘 가 봐야겠다고 마음을 고쳤다.

　회사 인수인계로 바쁜데 한가하게 그런데 가서 상담할 짬을 내는 게 신경 쓰였다.

　'이렇게 회사 일을 잘하는데 내가 무슨 정상이 아니야? 말이 돼?'

　사람이 살다 보면 단기 기억 상실 같은 것도 걸

리고 그러는 거지. 드라마나 영화에서도 그런 사
람들 많이 나오지만 일하는 데 아무 지장 없이 하
잖아?

'사실 정신과는 이경이가 더 급한 것 아냐?'

강 전무 백만 믿고 고이경은 막 나간다. 남편
이 있는 여자가 저렇게 아무한테나 다리를 벌리
고 창녀처럼 노는 이경이 친구라는 게 창피할 뿐
이다.

회사에서는 아예 둘이 부부처럼 딱 붙어 다니
고 눈에 가시처럼 거슬렀다. 어렸을 적 친구일
뿐 이제 넌 더 이상 내 친구도 아니다.

'미친년.'

이경이 혹시라도 나를 정신병자로 떠들고 다닐
지도 모른다는 생각을 하자 상은 더 열심히 회
사 일에 매달렸다. 그렇담 난 더 열심히 일을 완
벽하게 해 이경이 떠드는 소리를 한방에 잠재워

야 한다는 강박증이 생겼다.

회사가 믿어준 만큼 대전 본부를 전국에서 또 최고의 본부로 끌어 올려야 한다. 광고를 내고 신입들 상담도 하고 일에 미쳐 살았다.

마사지 관리도 직접 받아보고 테크닉이 좋지 않음 교체시키고 김 본부장이 일할 때보다 분위기를 한결 생동감 있게 살려냈다.

드디어 정식 본부장 임명장이 날아왔다.

상은은 다시 눈물이 흘렀다. 혼자 힘으로 여기까지 빠른 시간에 올라와서 행복했다. 그동안의 고생은 본사 간부급으로 진급하며 다 보상받은 기분이었다.

본부장 축하도 할 겸 본사 사장님이 대전 본부를 방문했다. 본부에 들어오다 사장님이 달라진 사무실 분위기에 잠시 멈칫 한다.

활기가 넘치는 예쁜 직원들로 바뀐 젊은 신입 사원들을 보고는 깜짝 놀라는 표정을 지으며 기뻐했다.

예전에는 내 들꽃국만 젊은이들로 세대교체를 했었는데 이제 전체 본부를 기존의 틀을 깨고 젊은이들로 채워 나가고 있었다.

방문 판매는 아줌마들이란 선입견을 없애고 젊은이들로 활기찬 회사 분위기는 서로에게 시너지 효과를 발생했다.

"허허, 내가 표상은을 신입 사원 때부터 눈 여겨 봤었어요."

"네."

"내가 본사 간부들에게 표상은을 주목하라, 다른 경쟁회사에 절대 뺏기면 안 된다고 주의를 줬었지."

"감사합니다. 믿어 주신 만큼 최선을 다해 대전 본부를 전국 최고의 본부로 키워 보겠습니다."

사장님은 강 전무를 향해 표상은의 진취적이고 철두철미한 조직관리 능력 좀 배워 두라며 아들을 보고 못마땅하다는 표정을 지었다.

　"강 전무도 표 본부장처럼 직원들에게 관심을 기울이고 사람을 대할 땐 마음을 꿰뚫는 통찰의 힘을 키워보라고!"

　"네에."

　"세상을 믿고 살아야 하지만 가까운 사람이 어느 날 나의 적이 되고 사람을 완벽하게 믿으면 안 돼. 믿긴 믿으나 앞을 보면서 그 사람의 뒷모습까지도 읽어내야 사업에 성공하는 거야."

　"네."

　"상대방이 앞을 보이면 앞이 다인 줄 알고, 뒤를 보이면 뒤가 그 사람인 줄 아는 건 사업가의 자질이 없는 거지."

　사장님은 늘 아들 강 전무가 불안한지 만나기만 하면 한 얘기 또 하고 한 얘기 또 하고 한다.

"네. 노력하겠습니다."

"개미가 코끼리 발톱을 보고 코끼리를 다 알았다고 한다면 얼마나 웃기는 일이냐?"

얘기가 길어질 것 같아 상은은 대화 중 죄송하다며 끼어들었다.

"사장님, 직원들 다 모여서 기다리고 있는데요?"

"아, 내가 아들만 보면 자꾸 잔소리를 하게 돼서 미안합니다. 허허."

직원 전체 회의가 끝나고 사장님이 조용히 할 얘기가 있다고 부른다.

"표 본부장, 잠깐 할 얘기가 있어요."

"네, 무슨?"

"내가 이런 말 참 창피한데⋯."

"⋯?"

상은은 궁금하다는 표정을 지었다. 가만히 뜸

을 들이던 사장님이 말했다.

"창피한 일이라 입이 잘 떨어지질 않네요. 이미 알고 있겠지만 강 전무가 고 국장이랑 각별한 관계인 걸 내가 알고 있어요. 그래서 처녀 총각 사내 연애도 아니고, 유부남 유부녀 사내 불륜을 그냥 놔둘 수가 없다는 결론을 내고 이번에 강 전무를 해외 본부로 2년 정도 나가 있게 할 겁니다."

"아, 네!"

상은은 사장이 다 알고 있다는 게 의아했지만 역시 사장님은 보통분이 아니라는 생각이 들었다.

"아직 강 전무랑 고이경 국장은 모르고 있는 일인데 본부장은 알고 있어야 할 것 같아서 귀띔을 해 주는 거니까 그리 알아요."

"네."

"이제 강 전무 없이도 본부 일을 맡아서 하는데 문제없죠?"

"네. 큰 문제는 없을 것 같습니다."

"됐어, 이제 바로 강 전무를 해외 본부로 발령 내야겠어."

잘난 척 하고 예쁜 것만 믿고 일은 뒷전인 이경이 안 됐지만, 최선을 다한 자와 적당히 몸으로 때우는 자는 그 결과가 다르다는 교훈을 이번 기회에 확실히 깨닫게 해 주어야겠다고 입술을 앙다물었다.

둘이 대놓고 연애질하는 것도 회사 이미지에 좋지 않았다. 보험 회사나 화장품 회사 여직원들에 대한 좋지 않은 사회적 이미지 때문에 정말 성실히 일하는 많은 사람들까지 덤터기로 넘어가지 않는가?

'미꾸라지 몇 마리가 흙탕물을 만드는 꼴을 난, 두고 보지 않을 것이다.'

16

얼마 안 있어 강 전무는 해외본부로 발령이 났
다. 사장의 단호함 앞에서는 천방지축 아들도 어
쩔 수 없는 모양이었다. 이경은 울고불고 난리가
났다.

표상은의 조직 능력이 탁월하자 종업원이 늘어
나 회사 자체를 더 큰 건물로 옮겨야 했다.

본사 사장은 표상은에게 적극 지원을 아끼지
않았고 새로 이사 갈 곳의 이미지 화장품 사무실
은 최고의 화장품에 걸맞게 최첨단 시스템을 갖
춘 새로운 건물로 옮겨 주었다.

본사에서는 상은이 원하는 모든 시스템으로 적극 지원을 아끼지 않았다. 사무실을 옮기면서 실적 없는 국장은 팀장으로 내려 보냈고 판매와 조직이 뛰어난 능력 있는 지사장을 국장으로 진급시켰다.

이경은 울고불고 난리를 쳤지만 상은은 개인적인 친분으로 회사에 손해되는 일은 쳐다보지도 않고 오직 능력 대비 회사를 위한 인사이동을 강행했다.

이경이 본부장실로 들어와 따지듯 들어왔다.

"너 정말 나에게 이래도 되는 거니?"

"미안해. 그런데 난 일에 있어선 칼 같은 거 몰라? 내가 몇 번 주의를 줬잖아. 난 예외란 없어."

"너, 나 때문에 이 회사 들어왔는데 해도 해도 너무 하는 거 아냐?"

"그 점에 대해선 고마움 잊지 않고 있어. 그건

개인적인 일이니까 근무시간 외에 얘기하자. 나무지 바쁜 거 안 보여?"

"굴러온 돌이 박힌 돌을 뽑는다더니 딱 그 꼴이지 뭐야."

상은이 그만 하라는 말에도 이경은 아랑곳하지 않고 계속 떠들자 상은이 단호하게 한마디했다.

"그러니까 제대로 일을 했어야지! 굴러온 돌에 뽑혀 나가지 않으려면. 언제든 또 다시 굴러 온 돌에 의해 팀장 자리마저도 위태롭다는 걸 명심해!"

사무실을 옮기고 할 일이 많아지자 본사에서는 강 전무 대신 새로운 이 전무를 보냈다.

이 전무는 강 전무에 비해 외모는 부족하지만 성실하고 눈빛이 살아 있어 나름 남자다웠다. 건실한 가장 같이 보였다.

화장품 회사고 영업 회사인데다 여자들이 많은 곳이라 그런지 사장님은 본사 임원을 뽑을 때 외모 비중을 조금 두는 것 같았다.

이 전무가 팀장급 이상 모든 직원들과 저녁에 회식이 있겠다고 말했다. 단체가 들어갈 수 있는 조용한 식당으로 예약을 했다.

식사를 하는 중 이경은 또 다시 이 전무에게 여자로서 보이기 위해 애를 쓴다.

'제 버릇 개 못 준다더니, 쯧.'

보통의 남자들은 이경의 색기 어린 미소 한방이면 넘어가는데 이 전무를 유심히 보아 하니 별로 아랑곳하지 않는다.

'역시 내가 첫인상을 잘 봤군. 관리자는 눈으로 사람을 볼 줄 알아야 한다니까.'

건실한 남자임이 분명하다.

이경이 이 전무랑 또 다시 사내 불륜을 저지르면 아예 이경을 팀장에서도 물러나게 하려고 했다. 그런데 이 전무가 반응하지 않는 걸 보니 그나마 다행이었다.

나도 이경을 일반 사원으로 내려가게까지는 차마 할 수 없을 것 같긴 했다.

직원들이 강 전무와의 관계를 다 알고 있는데 이 전무가 오자마자 바로 꼬리를 흔들어대니 참, 직원들 보기도 부끄러웠다.

강 전무랑 그렇게 물고 빨고 하다 다시 이 전무하고 그런 관계를 꿈꾸겠다는 의도가 훤히 보였다. 저렇게 들이대는 여자들이 있으니, 하긴 남자들은 참 어쨌거나 쉬워진 세상이 되긴 했다.

'아무리 맛있는 것도 매일 먹으면 질리는데 평생 한 여자하고, 한 남자하고만 섹스를 하고 살아야 한다는 건 사실 100세 시대에 짜증나는 고역이 아닐 수 없겠지.'

그렇지만, 사람은 동물이 아니므로 생각하고 행동해야 하지 않는가?

이 전무랑 보름 정도 같이 일하게 됐고 일하는 데 어느 정도 손발이 잘 맞아 분위기가 좋아졌다. 그렇게 한참이 흐른 후 이 전무가 식사를 하잔다.

"본부장님? 오늘 퇴근 후 바쁘신가요?"

"별일 없는데 왜죠?"

"아니, 뭐. 둘이서 오붓이 식사나 할까 하고요. 어차피 나도 혼자 있고 본부장님도 집에 가서 혼자 식사하잖아요?"

"아, 전 둘이선 개인적인 자리를 갖지 않습니다."

나는 아주 딱 부러지게 말했다. 질질거리면 다음 번 또 부탁할 테고 그럼 난 또 그 불편한 말을 또 해야 할 테니까.

"아, 객지에 나와 혼자 먹는 저녁이 쓸쓸해서 부탁 드렸던 건데 알겠습니다."

아무리 쓸쓸해도 그렇지, 남녀가 유별한데 어

디다 대고 작업 질이야? 기분이 나빠졌다. 아니, 생각해 보니 기분이 꼭 나쁘지만은 않았다.

'풋, 저렇게 집밖에 모르게 생긴 남자도 주말 부부가 되니 다른 생각을 하게 되나?'

고개를 저었다.

'이래서 결혼한 부부는 같이 살을 부대끼고 살아야지, 주말 부부로 잠시의 외로움을 달랠 파트너로 감히 나를? 절대 사절!'

*

고이경은 자존심이 하늘을 찌른다.

'감히 나를 거부해?'

'요즘 가만 보니, 이 전무가 표상은을 바라보는 눈빛이 달달한 것 같던데 눈이 제대로 박혀 있는 거야? 하, 웃겨 정말! 하긴 나 같은 여자를 감

히 감당이나 하겠어?'

'남자들은 너무 잘난 여자 앞에선 오히려 기가
죽어 그것도 제대로 안 된다는 말도 어디서 들은
것 같긴 해. 내가 과분해서 감히 못 받아 주는 걸
거야. 그래서 다 짚신도 짝이 있다잖아, 하하하.'

쌍. 외국으로 간 강 전무는 연락도 없고, 기존
휴대폰으론 전화도 안 되고 짜증이 나 죽을 지경
이다. 요즘 어차피 남편과는 섹스리스로 사는데
섹스를 해소할 데가 없어서 몸이 근질거렸다.

벌써 한 달째 관계를 못했더니 웬만한 남자는
다 쓸만해 보인다.

이러다 미칠 것 같다.

아아아악!

회사 일이고 뭐고 손에 안 잡히고 머릿속이 온
통 남녀 간 통정하는 비디오 장면이 머릿속에 왔
다갔다 죽을 지경이다. 혼자 해결도 해 봤지만 그
건 임시방편일 뿐, 섹스는 둘이서 열정적으로 해

야 제 맛이다.

'하나님은 왜 여자 남자를 만들어서 섹스 맛을 알게 한 거야? 젠장! 이 전무를 다시 꼬셔봐야겠어. 아무리 급하다지만 그래도 이 전무 정도는 돼야 섹스 파트너를 하지.'

고이경은 아예 대놓고 이 전무에게 데이트 신청을 했다.

"이 전무님? 오늘 저녁 혼자 드시기 외롭지 않으세요? 제가 오늘 저녁 그 외로움을 달래 드릴게요."

"아, 네. 호의는 감사한데 제가 오늘 서울에 올라가 봐야 합니다. 집안에 급한 일이 있어서요."

"아, 네."

'젠장, 오늘 일이 있음 다음 언제 같이 하잔 말이 나와야지, 뭐야 지금? 대놓고 거절을 하네?'

고이경은 자존심이 상해 얼굴까지 발개져서 돌아버릴 지경이다.

상은이랑 술이라도 한잔 먹자고 해야지 하며 맨 정신으론 집에 가봤자 잠도 안 올 것 같아 본 부장실에 들어갔다.

"상은아, 오늘 나랑 술이나 한잔 하자."

"그러자, 간단하게."

퇴근 후 둘이 자주 가던 횟집에서 식사 겸 소주를 한잔했다. 상은이 궁금해서 물었다.

"요즘 강 전무 전화 오니?"

"아니, 그 인간 진짜 짜증나 미치겠어. 같이 만날 땐 사랑한다고 물고 빨고 지랄을 해대더니 외국 나가서는 거기 현지인 여자들을 물고 빨고 하는지 연락도 없어."

"남자가 하는 말을 다 믿으면 안 된다니까."

"눈에서 멀어지면 마음에서도 멀어진다더니 사실 나도 강 전무가 미치도록 보고 싶진 않아."

"영원한 내 거가 어디 있겠냐. 남자가 성욕을

채우려고 사랑한다는 말로 미끼를 던지는 걸 믿
는 단순한 여자들이 더 문제야."

"넌 정말 욕구가 없는 거니? 난 지금 한 달째
못하니까 죽을 것처럼 힘 드는데."

"솔직히 말해 건강한 사람 중에 성욕이 없는
사람이 어디 있겠냐? 인간의 기본 욕구인데."

"그러니까 물어보는 거 아냐? 신기해서?"

"하고 싶은 걸 다 하고 어찌 살아. 난 늘 참는
데 익숙해. 넌 너무 섹스에 빠져 있는 것 같아.
그 열정을 다른 취미 생활로 관심을 바꿔 봐. 피
아노나 플루트 아님 마음 좀 다스리게 차분한 첼
로 같은 거 배워 봐. 독서를 하라면 안 할 테고."

"나 정말 섹스 중독인가?"

"그것도 자꾸 하면 더 하고 싶은 거래. 참아봐.
아님 너야 급하면 서방님하고 해결하면 되잖아.
난 이렇게 오래 안 하고도 사는데."

"다른 남자하고 해 본 사람이 서방님하고 격정

적인 섹스가 되간?"

"격정까진 아니라도, 그냥 급한 대로. 풋, 급하다며?"

둘이 얘기 중에 상은의 핸드폰에 국제 전화번호가 뜬다. 이거 스팸 전화인가? 이경을 보여준다.

"받아 봐."

"아, 맞아. 우리 한나 아빠인가 봐? 이봐. 살아 있다니까!"

상은은 놀랍고 남편의 목소리를 들을 수 있다는 떨림으로 어쩔 줄을 모르고 있었다.

"정말 또 왜 그래? 저번에 한나 아빠 죽은 거 확인시켜 줬잖아! 제발 그만하라고!"

이경이 버럭 소리를 지른다.

"아냐, 아냐. 살아 있다고. 이렇게 전화 왔잖아. 흐흑."

"너 정말 미친 것 맞아. 내일 당장 정신과에 좀 제발 가보자."

상은은 부들부들 떨면서 전화를 받는다.

"여보세요?"

"아, 표 국장님? 아니, 표 본부장님? 나 강인수예요."

"네? 강 전무님?!"

상은은 떨리던 가슴이 빠르게 진정되었다. 그리곤 다시 가벼운 떨림의 억양으로 전화를 받는다.

"거기선 어떻게 잘 지내고 있나요?"

"네. 많이 외롭고 한국에 있을 때가 아니…."

"혹시 무슨 급한 회사일이라도?"

"아니에요, 그냥 표 본부장 잘 있나 목소리 한 번 듣고 싶어서요."

"저, 여기, 이경이 앞에 있는데 바꿔 드릴까요?"

"아, 고 국장과 함께 있었군요. 저 지금 급하게 누가 부르네요. 다음에 다시 할게요."

"네? 네…."

이경은 코앞에까지 얼굴을 들이밀며 따지듯이 묻는다.

"왜 강인수 전화를 나를 안 바꿔주고 그냥 끊어?"

"아니, 갑자기 누가 찾아왔대."

"말도 안 돼. 그리고 왜 너한테 전화를 하는 거래?"

이경은 혹시 자기가 벨 소리를 못 들었나 핸드폰을 켜 본다. 부재중이 한통도 없다.

"모르지. 난 지금 그냥 걸려온 전화를 받았을 뿐이야."

"아아악, 진짜 짜증나."

이경은 술을 계속 취하도록 마시고 괴로워하며 오열했다.

"내가 어디가 부족해서 남자들한테 까이는 거야?"

상은은 강 전무가 괜히 나한테 전화 오는 바람

에 입장이 곤란해져 이경을 다독여야 했다.

　고이경은 강 전무가 자기를 떠난 이유가 새롭지 않다는 이유인 것 같아 성형을 또 해야겠다고 생각했다. 이 전무도 자신이 더 완벽해지면 어떻게 거부하겠냐며 수술을 결심했다.

　'남자는 오늘 만난 여자가 제일 매력 있다고 하지 않던가?'

　나는 성형으로 다시 새로운 여자로 거듭나야겠어.

17

표상은은 퇴근을 해 주차장에 차를 세우고 차에서 내리는데 강 전무가 서 있다. 공항서 바로 왔는지 캐리어에 엉덩이를 걸치고 앉아 있다.

"아니, 웬일이세요?"

"아, 표 본부장 보고 싶어서요."

"네? 아, 일단 집에 들어가요. 추운데 연락도 않고 왜 그러고 있어요?"

"연락하면 상은 씨가 나 안 만나주잖아요."

"뭐야? 호호."

"선물!"

강인수가 내가 갖고 싶던 까르띠에 심플한 링 반지를 선물로 준다.

"어머! 내가 갖고 싶던 건데? 내 취향을?"

"관심 있으면 다 알게 되어 있지."

추운데 오래 있었던지 강인수 손이 차갑다.

"따뜻한 차 마시자."

"응, 난 차보다 사실 더 급한 게 있는데?"

"어이구, 여전하네. 몸 좀 녹이고…."

상은은 제일로 큰 머그잔에 연하게 내린 커피를 가득 부어 조심히 들고 거실로 갔다. 강인수는 오랫동안 닫혀 있던 우리 집 피아노 뚜껑을 열고 감미로운 리스트의 라 캄파넬라 곡을 연주한다.

피아노를 치는 모습을 보니 가슴이 떨린다. 바람둥이인 걸 알면서도 도저히 사랑하지 않을 수가 없다.

나도 기분 좋게 라라라 랄라라 라라라 라라 하며 같이 따라한다.

둘이 눈을 마주치고 행복하게 웃는다.

"난 안방 샤워 실을 쓸 테니 인수 씬 거실 샤워 실을 이용하세요."

"싫어, 같이 씻자. 내가 비누칠 해 줄게."

"아이, 창피하단 말이야."

"창피하긴, 서로 사랑하는 사이에."

"사랑? 풋, 글쎄. 그냥 섹스만 하는 사이가 편하잖아?"

옷을 벗고 둘이 같이 샤워부스 아래 서서 꼭 끌어안고 오래도록 키스를 했다. 혀와 혀가 엉키며 서로를 애타게 탐한다.

몸이 달아오르기 시작한다. 그러나 오늘은 서두르고 싶지 않다.

따뜻한 물로 충분히 적신 다음 바디샤워로 꼼꼼히 서로를 닦아준다. 강인수가 내 등을 돌려 부드럽게 문지르다 비누가 묻은 상태로 백 허그를 한다.

내 어깨와 목 사이에 얼굴을 대고 뜨거운 호흡을 하자 난 다시 또 흥분된다. 강인수의 성난 남성이 내 엉덩이 위에 그대로 느껴진다. 떨린다.

릴렉스! 릴렉스!

심호흡을 하며 가빠진 호흡과 흥분을 가라앉혔다. 강인수도 내 뜻을 금방 알아차리고 서두르지 않는다. 하긴 남자 여자가 서로를 불태우는데 굳이 무슨 말로 설명이 필요 하겠나. 서로를 간절히 원하는 눈빛과 들뜸과 격해진 호흡, 그거면 충분하다.

내 몸을 앞으로 돌려 탄력 있는 탄탄한 가슴을, 그리고 거품이 묻은 손으로 그 아래를 만져준다. 이미 애액이 나와 있는 그곳을 거품 묻은 손으로 만지니 미칠 듯 흥분됐다.

'하악!'

짧게 소리가 나가는 걸 얼른 두 손으로 막았다. 다시 허벅지로 다리로 내려가 발가락을 사이사이

닦아준다.

거품이 묻은 상태로 서로 끌어안으니 새로운 느낌이다.

이번엔 내가 강인수 등을 닦아주고 몸을 돌려 가슴을 그리고 배를 스쳐지나 강인수의 이미 성난 그곳을 거품이 잔뜩 묻은 손으로 가볍게 쓰윽 문질러 닦는다.

그러자 강인수는 서둘렀다.

"아흐, 안 되겠다. 더 이상 못 참겠어."

"하아, 나, 나도 더 이상은 못 참겠어."

샤워기로 비눗물을 급하게 흘려 내리고 머리도 젖은 채로 번쩍 안고 침대로 간다.

"안 돼, 나 머리 좀 말리고."

"어차피 당신은 다 젖을 텐데 뭘."

둘은 사랑하는 사이가 아니면 절대 할 수 없는 서로의 모든 곳을 핥아댔다. 땀이 나기 시작한다. 상은은 흥분되면 온몸이 물바다가 된다.

땀이 흥건하게 나기 시작한 뜨거운 몸으로 서로 안고 애무를 하면 몇 배로 더 흥분된다. 이제 강인수의 남성이 터져 나갈 듯 무서운 텐션으로 나를 갖기 시작한다.

둘은 애초부터 하나였던 사람들처럼 매끈하게 휘감긴다. 정신을 잃을 정도로 오직 섹스만을 위해 태어난 사람들처럼, 아니 오늘이 아니면 다시는 할 수 없는 사람들처럼 미친 듯 울부짖는다.

주고 싶은 모든 곳을 내어주고 받아들였다. 부부 사이엔 느낄 수 없는 말로 할 수 없는 치명적 황홀한 섹스! 부부간 의무로 할 땐 느낄 수 없던 질의 경련이 또 시작된다.

'아아아아악!'

몇 번의 오르가즘으로 몸이 개운했다.

'이대로 죽어도 행복하다. 내 몸이 붕 떠서 구름 위를 나는 것 같다.'

딸 한나가 내려 왔다.

정신과 예약을 했으니 오늘 무조건 같이 가야 한다고 눈물을 글썽였다.

"엄마, 나 아빠도 없는데 엄마가 자꾸 이상한 소리 하면 정말 무서워."

"알았어. 막상 혼자 가려니 발걸음이 떨어지질 않아."

"우리 같이 가서 상담하고 치료하고 그동안 엄마 고생만 하고 살았는데 앞으로 엄마는 누구보다 건강하고 행복하게 살아야 해."

"그래 아빠 몫까지 우린 두 배로 행복해야 해."

"우리 엄마, 고집 안 피우니 예뻐 죽겠네."

"우리 딸 한나, 고맙다!"

"엄마, 이제 자꾸 아빠 생각 그만 해. 엄마가 그래야 정신적으로 건강해질 수 있는 거야."

"그래, 네 말이 위로가 된다. 남자 친구는 잘 있니?"

"응, 다음번엔 내가 데려올게. 그러잖아도 인사오고 싶다는 걸 다음 번으로 미뤘어."

"그래, 다음 번에 보는 게 좋아."

상은은 정신과란 간판만 봐도 거부 반응이 일었다. 내가 이런 곳을 들락거리는 걸 누가 볼까봐 괜히 주변을 의식했다.

내가 아무래도 꿈과 현실을 오락가락하는 정신분열 환자인 걸까?

내가 간절히 원하는 현실을 꿈에서 이어가고 또, 내가 기억하지 못하는 사건들을 꿈에서 보곤한다.

내가 지금 현실과 꿈을 자꾸 혼돈하는 허황된 망상에 사로잡혀 있나?

평소에 피아노 치는 남자를 좋아한다는 이유로 자꾸 강인수를 꿈으로 불러들여 마치 꿈이 아닌 현실처럼 강인수가 나타나 피아노를 쳐주고 그러면 행복해서 눈물 짓는다.

'정말 이상한 것 같기도 해.'

이경과 딸의 말대로 망상과 환각에 빠져 있는 것 같다는 불안한 생각이 들었다. 거기다 부분 기억 상실까지, 무서웠다.

여러 가지 심리검사 테스트를 했다. 컴퓨터 단층 촬영도 하고, 뇌파검사도 하고, MRI도 찍었다.

자기공명이 어쩌고 자기장이 어쩌고 원자핵이 어쩌고… 쉽게 말해 인체의 모든 부분을 영상화하는 검사였다.

검사 결과가 나왔다. 떨리는 마음으로 선생님의 말을 경청했다.

"뇌에는 사고, 감정, 행동을 조절하는 수많은 신경전달 물질이 분비되어 세포 간에 정보를 전달합니다. 그런데 정신분열 환자는 뇌의 특정 부위에서 도파민이라는 물질의 신경 전달과정에 이상이 생겨 증상이 나타나게 되는데 환자분의 경우 도파민이 활성화되어 망상, 환청, 혼란된 사고로 어느 게 현실이고 어느 게 꿈인지 혼돈이 되는 것 같습니다."

"…?"

"검사로 보아 아마 오래전부터 아니, 아주 어릴 적부터 억압된 주변 환경으로부터 온 결과가 아닌지 생각이 듭니다."

"결과로 봐서 제가 정신분열 증세가 있다는 거네요?"

"말씀 드리기 죄송하지만 그렇습니다."

"마… 말도 안 돼요."

놀라서 말이 더듬거려진다.

"누구나 이런 결과에 처음엔 당황합니다만…."

"전 아주 어렸을 적부터 내가 하고 싶은 말이나 하고 싶은 행동을 하지 못하고 억제하고 살았던 건 맞아요."

"결과로 봐서 참 많이 힘드셨을 텐데요."

"흐흐흑!"

의사의 말을 듣자 눈물이 왈칵 쏟아졌다.

"그동안 생활하기에 힘들었을 텐데도 여태 병원을 오지 않고 사회생활을 잘 해냈다는 게 그나마 다행입니다."

"정말 많이 힘들었어요."

상은은 하염없이 눈물이 흘렀다. 눈물을 아무리 닦아도 하염없이 흘렀다. 힘겹게 살아낸 삶이 한 편의 드라마처럼 장면장면 흘러간다. 잠시 자신의 과거 속을 천천히 들여다보았다.

"마음이 많이 아프네요."

의사가 멍한 상은의 표정을 보고 마음이 아파하듯 말을 한다.

"어떻게 하면 될까요?"

"좀 늦은 감은 있지만 약을 처방해 드릴 테니 꼭 드시고 주기적으로 병원을 오셔야 합니다. 그리고 상담을 받으셔야 합니다."

"정상인으로 돌아 갈 수 있을까요?"

"오랫동안 방치되어 쉽게 고쳐지지 않겠지만 꾸준히 약물과 정신치료를 하면 많이 좋아질 겁니다."

"가까운 가족들에겐 얘기를 해야 하겠지요?"

"당연하지요. 가족의 도움이 절실합니다. 그리고 집단 치료도 병행해야 합니다."

"집단치료를요?"

"네. 다른 사람과의 대인관계 경험을 통해서 또는 자신의 말이나 행동에 대한 사람들의 반응을 통해 고칠 수 있습니다."

"어제까지 멀쩡히 사회생활 잘 하고 아니, 일도 아주 잘했는데 제가 그런 정상적이지 않은 사람들과 집단치료를요?

"지금껏 정신력으로 잘 버텨 왔지만 아주 급격히 상태가 안 좋아질 겁니다. 암으로 따지면 말기에 가깝다고 할까요?"

"마, 말도 안 돼…."

"…받아 들이셔야 합니다."

"그. 그래요, 그렇다 치고요, 한 가지 궁금한
게 있는데요?"

"네, 말씀하세요."

의사는 크게 배려해 준다는 듯 팔짱을 끼며 느
긋하게 쳐다본다.

"제가 미리 꾸는 꿈 중에 불길한 꿈은 거의 맞
아 떨어지는데 그건 어찌 해석해야 되나요?"

"음, 잘못된 기억 아닐까요? 일어날 만한 일을
생각한 다음 잠이 들면 꿈에서 미리 꿀 수는 있습
니다."

"난 전혀 생각지도 않았던 일을 꿈에서 보거든
요. 미리 꾸는 꿈이 한 번도 맞지 않은 적이 없어
요."

"그럴 리가요."

"아니에요, 저는 정말로 불길한 꿈일 경우, 미리 꾸는 예지몽이 그 다음날 영락없이 현실로 나타난다니까요."

"하하하!"

"지금 그 웃음은, 그것도 제가 미친 소리라는 거죠?"

"엄마 왜 그래? 지금 꿈이니 그런 게 뭐 중요해?"

딸 한나가 엄마가 약 잘 먹고 치료 잘 받으면 좋아진다며 울면서 사정한다.

"지금 표상은 씨는 주위에서 일어나는 일을 자신과 연관 지어 개인적인 특별한 의미를 부여하는 관계 망상, 혹은 과대망상에 빠져 있는 것 같습니다."

"뭐라고요? 제가 정신병자라니 여기서는 더 이상 제 말이 진실로 통할 것 같지 않습니다."

인정하기 힘들었다.

의자를 뒤로 밀고 일어났다. 어차피 진실이 먹혀 들 리 없을 것 같았다. 문을 열고 나가는 상은의 뒤통수에 대고 의사는 자신 없이 말했다.

"음, 아주 가끔은 세상이 과학으로만 이해되지 않는 부분도 있긴 합니다만…."

뭐래? 과학이 발달되었다지만 아니, 의학이 발달되었다 해도 특히 정신적인 문제는 딱 이거다란 답이 없습니다? 웃기고 자빠졌네.

젠장, 그런 의사 나도 하겠다. 원인도 명확하지 않고 약도 정신 상태 봐가면서 약을 처방한다니? 옆에 있던 쓰레기통에 처방전을 확 찢어 던져 버렸다.

어찌됐거나, 정신분열 환자 판정을 들었다. 남들은 시간이 지나 서서히 잊히는 일들이 상은에겐 기억 체계에 가지도 않고 바로 삭제되는 특별한 상황인 것 같다.

아마 남편의 사망 이후로 큰 충격에 빠져 기억상실을 빠진 원인도 있을 거라고 추정이 된단다.

심인성 기억상실은 해리성 장애에 속하며 정신적 외상이나 심리적 충격 때문에 발생한다고도 덧붙여 설명해 줬다. 무슨 말인지 사실 다 못 알아들었다.

그러나, 그냥 알아 듣는 척 했다.

못 알아듣는다고 하면 더 정신분열 환자 취급을 할 게 아닌가?

결론은, 남편의 사망의 큰 충격으로 기억체계가 엉망이 되어 기억하고 싶은 것만 기억하고 원하지 않는 기억은 바로 잊어버린다고 한다.

어리둥절하지만 심리적 충격으로 발생하는 것이라고 한다. 남편의 사망을 기억하지 못한다. 그렇다면 이경이 말한 대로 혹시 남편을 내가 죽인 것일 수도 있다는 끔찍한 생각이 들었다.

그래서 큰 충격에 그 이후론 선택적 기억만 하는 특수한 경우가 아닐까 생각하니 산다는 게 두려웠다.

　결국 상은은 남편의 사고사를 인정할 수밖에 없었다.

　'누구한테도 말하면 안 돼. 나 살아 있는 거 알면 당신도 그리고 딸 한나도 다쳐. 그러니 날 어디 가서 죽었는지 소식이 없다고만 해. 몇 년만 참고 버티면 내가 돈 벌어서 돌아올게.'

　다시 남편의 목소리가 더 크게 들려왔다.

　한나를 올려 보내고 경찰서를 찾았다.

　남편 사망 시 담당 경찰을 만나 물어 보고 싶은 게 있었다.

　"혹시 그때 천변 주변 CCTV를 다시 볼 수 있을까요?"

　"그일, 그때 다 끝났어요. 바쁜 사람 붙잡고 몇

번씩 찾아오셔서 이러면 어떡해요?"

"제가 여길 찾아 왔었다고요?"

"아주머니? 기억 안 나요?"

"네?"

"헐, 참. 사고 난 후 얼마 안 돼 남편이 자살이 아닐지도 모른다면서 저랑 주변 CCTV를 몇 번을 확인했잖아요?"

"정말요?"

난 너무 놀랐다.

"네? 아주머니 정말 정신이 어떻게 된 거 아니에요?"

경찰이 버럭 화를 내자 상은은 주눅이 들었다. 모기 소리 만하게 말했다.

"제가 기억이 나다 안 나다 하나 봐요."

"오늘은 왜 또 오신 거예요?"

"혹시 제가 죽인 게 아닐까 싶어서요."

"뭐, 증거 있어요? 확실한 기억으로 얘기하는

거예요?"

"아니요, 혹시 그랬을지도 모르겠다는 생각이 들어서요."

"아주머니, 지금 장난해요? 앞으론, 여기 올 게 아니라 정신병원에나 가보세요. 바쁜 사람 갖고 뭐하자는 건지 참."

담당경찰은 들고 있던 서류 뭉치를 확 책상에 집어 던지고 의자를 뒤로 밀고 일어나 찬바람이 휙 나도록 나가버렸다.

나가면서 동료 경찰들에게 손을 들어 동그라미를 그리며 고개를 흔든다.

"저 아주머니 맛이 갔어, 돌았어."

'내가 여길 몇 번을 왔었단다.'

18

상은은 회사와 이경에겐 정신병원에 가서 정신
분열 판정을 받았단 말을 하지 않았다. 아직 일
하는 데는 무리가 없으니 비밀을 유지해야 된다
는 생각에 죄책감이 들었다.

나를 보고 다 비웃는 것 같고 손가락질하며
'미친년' 왔다고 눈짓하는 것도 같고 머리가 아
프다. 오늘 따라 내 앞에서 다들 너무 조용하다.

내 욕을 하다 내가 등장하자 갑자기 자기들끼
리 순식간 제자리로 가서 일 하는 척 하는 것도
같고 신경이 쓰여 미칠 것 같다.

사무실 분위기가 예전과 다른 것 같고 누가 무슨 말을 하는지 입은 벙긋거리는데 내가 들으면 안 되는 말인지 들려오지가 않는다. 머릿속이 멍하니 어떤 일도 손에 안 잡힌다.

　'정신과를 다녀온 후 멀쩡하게 일하던 사무실이 모두가 나를 미친년 취급하는 것 같아 머리가 돌 것 같다.'

　아직 아무한테도 말하지 않았는데 벌써 다들 알고 있는 것 같아 자존심이 상했다. 죄인처럼 본부장실에서 나오지 않고 화장실 갈 때만 살짝 나왔다 조용히 내 자리로 가서 문을 닫았다.

　슬금슬금 눈치가 보인다. 숨이 잘 안 쉬어진다. 답답하다. 누가 내 목을 조르는 것 같다. 숨이 안 쉬어지고 꺼억 꺽 고통스럽다.

　간신히 호흡을 뱉어내자 숨이 다시 들어왔다. 다시 숨이 고르게 쉬어진다. 병원을 가서 처방전을 받아와 약이라도 먹어야 할 것 같다.

의사 말대로 급격히 상태가 나빠지고 있는 것 같다. 딸 한나를 생각하니 눈물이 났다. 아빠도 없는데 나까지!

'하나님이 살아계신다고? 하나님은 세상에 없다. 의지박약한 인간들이, 세상에 백 없고 돈 없는 자들이 허구를 만들어 내어 나의 하나님, 나의 하나님 하며 위로 받는 거지. 그렇게라도 해야 세상을 살아갈 용기가 생기니까.'

'고귀한 생명을 그렇게 쓰레기처럼 방치하는 하나님이라면, 살아계신 하나님이야말로 직무유기로 구속감이지.'

살아계신 하나님인 줄 알고 기도를 들어 주는 하나님인 줄 알고 평생을 기도하며 살아온 일생이 억울했다.

난 속은 거야!

항상 나보다 남을 먼저 생각하고 숨죽이고 억누르며 하고 싶은 것도 못하고 살았는데 그 결과의 값으로 정신병을 주신 하나님께 지금도 감사하다고 기도해야 하나요?

상은은 자존심이 하늘을 찔렀다. 눈물이 하염없이 흘렀다.

'헛되고 헛된 삶이었구나.'

한참을 울고 나니 배가 고팠다. 이런 상태에서도 배는 고프다니 내가 미친 거 맞구나!

일이고 뭐고 의욕이 없어 일찍 퇴근했다. 갈곳이 없었다. 거리를 방황해 보았다. 일만 하고 살았더니 일 외에 어디 마땅히 갈 곳이 없다.

저 사람들은 다들 저리 바쁘게 움직이는 데 나만 목적지가 없이 방황하는 것 같다. 나와 다른 세계의 사람들처럼 보인다.

정신과나 가야겠다.

처방전을 받아 약을 받아왔다. 다른 정신과를 가서 잠이 안 온다고 수면제를 처방받았다. 또 다른 정신과를 갔다. 하루 종일 정신과만 다녔다. 많은 양의 수면제를 모아 두어야 할 것 같다는 강박이 생겼다.

정신병자라는 결과가 나오기 전과 나온 후의 나의 정신 상태는 하루아침에 달라져 있었다.

'그럴까?'와 '그렇다.'의 차이는 현격히 다른 결과를 낳았다.

차라리 정신과를 가지 않았어야 했나 보다. 내가 이럴까봐 두려웠던 것도 있었다.

보통의 의사는 어떤 병이든 낫고자 하는 자기 의지가 중요하다고 말하지 않나. 내가 상담한 정신과 원장은 뭐라고 했던가?

　암으로 따지면 이미 말기라 회복이 불가능하지만 노력해 보잔다.

　'의사 면허는 뒷구멍으로 땄나? 염병할!'

　의사 양반, 나 같음 차라리 이렇게 말했을 거야.

　'의술로 해결할 수 없는 일에는 신의 영역이 있답니다. 그리고 세상의 모든 현대인들은 정도의 차이가 있긴 하지만, 공포나, 우울증이나 외로움이 없는 사람이 거의 없습니다. 현대인들에게 정신병은 미친병이 아닙니다. 그리고 나을 것이란 믿음이 중요합니다. 믿음을 가지세요. 믿음이 당신을 구원할 것입니다.'

　얼마나 근사해?

　'나보다도 모르면서 어디서 약을 팔아! 미친.'

　회사에 사직서를 냈다.

　내가 정신병자라는 판명이 나온 이상 회사에

본부장이라는 직함을 유지한다는 것은 양심으론
걸렸다.

회사 직원들 하고는 이제 연락도 하지 않으려
고 전화번호를 바꿨다.

내 얼굴을, 내 전화번호를 볼 때마다 도마 위
에 올려놓고 씹어대는 걸 난 용서할 수 없다. 당
신들보다 당당하고 열심히 살았으므로 당신들 심
심풀이 껌이 되어 드릴 순 없다는 내 마지막 자존
심이다.

어차피 나를 아는 사람들은 나를 동정 어린 눈
빛으로 값싼 위로를 할 텐데 그까짓 게 무슨 위로
가 될까?

사람은 어차피 빈손으로 혼자 왔다 빈손으로
혼자 가야 하는 외로운 운명들이다.

조금 일찍 떠나야겠다는 마음의 준비를 했다.

'적당한 날이 올 것이다.'

어차피 내가 하고 싶은 대로 살 수 없는 세상 아닌가? 나로 살 수 없게 길들여져 있는 세상에 더 이상 살아 있다는 게 무의미하다는 생각이 들었다.

나는 미쳐 가는데 세상은 아무렇지도 않다. 하늘은 푸르다 못해 눈이 부시도록 해맑다. 해님도 방긋거린다. 모든 게 나만 빼고 다 잘 굴러 간다. 다 정상이다. 내 머릿속만 얽히고설키어 있다. 아프다.

혼자 즐길 수 있는 망중한을 마음껏 즐겼다.
혼자 직장 생활로 바빠 못 가본 여행을 떠났다. 바다도 가보고 산도 가보고 누구와도 연락하지 않고 혼자 떠났다.
젊어서는 바빠서, 혹은 매여 있어서 못 가 본 아름다운 관광지를 갈 수 있는 대로 발길 닿는 대로 처음으로 누구에게도 구속 받음 없이 마음 끌리는 대로 떠났다.

제주도도 갔고, 여수의 아름다운 밤바다도 보고, 남해를 거쳐 강원도까지 차를 가지고 발 닿는 대로 무작정 떠났다.

산다는 것에 미련을 버리니 혼자 떠나는 여행이 무섭지도 않았다. 살려고 할 때는 혼자 다닌다는 게 무서운 일이었지만 죽음을 각오하니 갑자기 겁이 없어졌다.

어젯밤 꿈에 이경이 수술하는 꿈을 꾸었다. 이경이 수술을 하다 깨어나지 못하는 불길한 예지몽을 꾼 것이다. 급하게 차를 돌려 이경이 수술하는 병원으로 갔다. 마침 수술 전이다.

"이경아? 잘 지냈어?"
"네가 여길 왜 와? 다신 만나지 말자고 전화번

호까지 바꾸고 연락도 안 되더니?"

"이경아, 시간 없으니 결론만 얘기할게. 너 지금 전신 지방 흡입술 들어가면 오늘 못 깨어나."

"너 완전 정신병자구나?"

"내 말 잘 들어 이경아. 이 수술 취소해."

"왜? 내가 더 예뻐질 거 같으니 질투가 나니?"

"그런 게 아니야."

"그럼? 또 그 정신병자 같은 꿈이라도 꾼 거니?"

"난, 불길한 예지몽일수록 정확한 사람인 거 너도 잘 알잖아?"

"아하하하, 어쩌다 우연의 일치로 맞은 것 가지고 잘난 척 하기는."

"그렇지 않아. 미리 꾸는 불길한 예지몽은 백 프로야. 나도 차라리 그런 꿈을 안 꾸었으면 좋겠어. 내가 미리 꾼 꿈을 방치했다가 사고 나서 다친 사람들 볼 때마다 적극적으로 말리지 못한 걸 후회하고 있다니까? 내가 마치 그 사고를 저지른 죄인처럼 강박에 시달린다고."

"넌 참, 자랑할 게 겨우 꿈 얘기뿐이구나. 오래만에 만나서 꿈 얘기하려고 혼절할 것 같은 얼굴로 달려왔니?"

"이경아, 정신 차려! 넌 성형중독으로 죽는 사람들도 못 들었니?"

"재수 없게 왜 죽는다느니 지랄이야?"

"이경아, 네가 날 욕해도 좋아. 제발 부탁인데일단 오늘은 취소하자."

"난 완벽한 여자로 거듭날 테니 기다려. 진정한 완벽이 뭔지 눈으로 보여줄게."

"넌 지금도 완벽해. 너무 예뻐."

"난 최고가 될 거야. 나에게 만족이란 없어."

"너 저번에도 수술 그만한다고 했잖아. 지금성형 중독이라고!"

"난 있잖아. 예쁘지도 않게 생겼으면서 성형에

는 관심도 없는 애들 때문에 세상이 지저분하고 눈을 어디다 둬야 할지를 모르겠어. 무슨 자신감들인지 원."

"너 지금 제정신이 아냐. 미친 거라고!"

상은은 답답해서 소리를 질렀다.

"와하하, 나? 꿈이 어쩌니 떠드는 네가 아니고? 너야말로 정신분열 환자지. 내가 말을 안 해서 그렇지 넌 이상할 때가 얼마나 많았는지 아니? 참, 남편 사고사는 잘 기억해 봤니?"

"노력하고 있어."

"그래, 상은이 네 정신이나 챙기시고 어서 가 봐. 난 정신분열 환자랑 더 있고 싶지 않다."

"이경아, 난 너 없는 세상이 슬퍼."

"너 계속 미친 소리 할래? 나 없는 세상이라니? 내가 꼭 죽으러 들어가는 것처럼 말하잖아?"

나는 울면서 선생님께 매달렸다.

"선생님 이경이 수술 취소해 주세요."

상은은 진정으로 안타까운 마음에 이경을 붙잡았지만 결국 말리지 못했다.

"상은이 넌, 말도 안 되는 정신이 오락가락하는 너의 미친 꿈을 믿는다는 거야?"

이경은 어이없는 웃음과 함께 수술실로 들어갔다.

상은은 이경이 수술하는 동안 제발 꿈이 맞지 않기를 울면서 기도했다.

엄청 시간이 흐른 것 같다. 그런데 수술 끝날 예정 시간이 다 되었는데 수술실에서 의사가 나오질 않는다. 순간 간호사 한 명이 얼굴이 하얘져서 빠른 걸음으로 연신 들락거리고 뭔가 예감이 좋지 않다.

"저, 아직 수술이 끝나지 않았나요?"

"네, 조금 늦어지네요. 아줌마는 보호자가 아

니잖아요?"

"네, 친구인데요."

"가족 좀 불러주세요."

"저, 혹시 무슨 일 없는 거죠?"

"네. 지금은 뭐라고 말씀을 드릴 수가…."

가족을 불러 달라는데 이경이 남편밖에 생각나
지 않았다.

마음이 아팠다. 전화를 하는 손이 덜덜 떨렸다.
꿈에서처럼 깨어나지 않을 것 같아 불안했다.

의사가 허둥지둥 나오고 스텝들 모두 식은땀들
을 흘리고 발걸음이 바빠진 긴장된 사람들의 입
에서 나오는 말이 마치 음성 변조한 느린 말처럼
상은의 귀에 들려왔다.

'빨, 리, 종, 합, 병, 원, 으, 로, 옮, 겨, 야,
해. 위급 상황이야'

상은은 그만 그 자리에서 쓰러졌다.

이경 신랑은 전화를 받고 한걸음에 달려왔다. 쓰러져 있는 상은을 정신 차리라고 마구 흔든다.

"이경인요?"

"수술하다 못 깨어나서 지금 막 응급차 타고 종합 병원으로 갔어요."

"우리도 빨리 가 봐요."

"네."

응급실에서 이경은 고요한 상태로 잠을 자는 듯이 누워있다.

"잠시 후면 깨어나겠죠?"

상은은 애가 탔다.

"설마, 깨어나겠죠?"

이경이 깨어나지 않는다면 어쩌나, 결국 말리지 못했으니 간접 살인한 거나 마찬가지인 것 같아 또 죄의식으로 마음이 아팠다.

며칠이 지나도 이경은 숨만 고르게 쉴 뿐 깨어

나질 못했다. 코마 상태로 의식이 없는 무의식의 세계로 들어간 것이다. 꿈에서처럼 이경이 영원히 깨어나지 못할 것 같아 숨이 막히고 답답했다.

왜 그런 꿈을 미리 꾸었을까? 마치 내가 모르는 무의식 속에 그런 일이 있을 것을 떠올리며 미리 꿈을 꾸었던 것 같다. 이경을 저주라도 해서 코마 상태로 가게 한 듯 무섭고 두려웠다.

꿈속의 무의식이 강인수를 불러들여 행복한 시간을 가졌었지만 맹세코 이경이 코마 상태로 가는 걸 원하지는 않았다.

예전부터 내가 원하지 않은 꿈 중 특히, 미리 꾸는 불길한 예지몽은 꼭 맞아 떨어진다는 사실을 알고는 있었다. 그래서 잠을 잔다는 게 무서웠다. 왜 그런 꿈을 꾸는 걸까? 괴롭고 괴로웠다.

걱정되는 소리로 조그맣게 물었다.

"숨도 규칙적으로 쉬는데 왜 깨어나질 않는다는 걸까요?"

이경 남편이 힘없이 말했다.

"코마 상태니까요, 의식불명 상태로 깨울 수도 없는 거래요."

"그럼 꿈은 꾸는 걸까요?"

"코마 상태는 깨거나 수면을 하는 주기적 전환이 없는 거래요. 통증도 없고 빛도 소리에도 아무 반응이 없다네요."

"그럼 살아 있으나 생각도 느낌도 없는 거네요?"

"이경인 깨어날 확률이 희박하대요."

"아, 불쌍해서 어떻게…."

"일어나서 예전처럼 그렇게 독하게 소리라도 질렀으면 좋겠어요. 흐흐흑."

"이경아, 일어나 제발."

두 사람은 이경이가 깨어나길 간절히 기도했다.

그러나 이경은 깨어나지 못했다.

그렇게 몇 달이 흘렀다.

상은은 오늘에야 모아 두었던 약을 펼쳤다.

어젯밤 난 그 꿈을 꾸었기 때문이다.

'이경이 세상을 떠나는 꿈.'

가위에 눌렸고 식은땀을 흘리며 일어났다.

'불길한 예지몽.'

이경이 코마 상태로 있다가 세상을 떠날 때, 상은은 분명 '예지몽'을 꿀 것이라 믿었다. 남들은 헛소리라고 웃어 넘겼지만 난 안다.

'세상은 과학으로 증명되지 않는 일이 얼마나 많은가?'

바로 오늘을 위하여 약을 착실히 모아 두었던 것이다.

물을 두 컵을 가져다 놓았다. 한 컵으론 이 많은 약을 삼킬 수 없을 것 같았다.

물이 모자라 알약이 목에 걸려 캑캑거리다 삼킨 것까지 다 토해 내면 물에 풀린 알약을 다시 주워 먹기가 쉽지 않을 것까지 생각했다.

'한 번으로 깔끔하게 끝내야 한다.'

약이 하도 많아 다 먹기만 한다면 실패로 돌아가진 않을 것 같았다. 먹고 또 먹고 계속 몇 알씩 삼켰다. 물이 모자란다.

얼른 일어나 다시 두 컵을 따라와 자리에 앉으려다 말고 일어나 물병째 가져왔다.

이미 먹은 약 기운에 정신이 혼미해져서 물 가져 오는 걸 잊을 수도 있으니까. 구역질이 난다. 물을 하도 먹어 헛배가 부르다.

'오늘 실패하면 안 된다.'

'시간이 없다. 난 이경을 만나야 한다. 수면제를 먹어본 적이 없어.'

얼마 만에 잠이 올지 떨리고 두려웠다. 눈물이 흘렀다.

세상에 살면서 해 보고 싶었던 것도 많았는데 삶이 그렇게 살게 되질 않았다. 삶은 생각보다 힘겨웠다.

힘겹게 가정을 꿋꿋이 지켜내고 있으면 한나 아빠가 돌아와 상은의 수고를 두고 고생했다고 어깨를 두드려 주길 바랐었다.

　그렇게 위로받고 칭찬받고 싶었는데 진정으로 위로해 줄 사람이 이젠 세상엔 한 명도 없다. 자신이 힘들다고 투정할 곳도 아무 데도 없다는 게 허망했다.

　물론 행복했을 때도 많았다.

　가장 행복했을 때가 언제였나 생각해 보았다.

　우리 딸이 8개월쯤 됐을 때, 외할머니에게 맡기고 잠깐 볼일을 보고 집에 돌아왔을 때의 일이 영상이 되어 떠오른다.

　'아이고 야야, 한나가 엄마가 보고 싶었는지 몇 시간을 애타는 얼굴로 두리번두리번 계속 엄마만 찾더라. 어찌나 엄마를 찾아대던지 안쓰러워 내가 다 애가 말라 죽을 뻔 했다.'

'아이고 우리 딸, 엄마도 몇 시간을 우리 딸을 못 봐서 애가 타 죽을 뻔 했단다.'

꼭 끌어안고 마구마구 볼을 비볐었다. 젖을 먹일 때라 젖이 불어 아프기는 어찌나 아프던지, 그 탱탱하게 불은 젖을 아이는 미친 듯이 빨았고 젖이 빠져 나가며 아픈 통증이 슬슬 풀어졌다.

눈을 뜨면 항상 엄마의 냄새가, 엄마의 얼굴이 보였었는데 세상에 태어나 처음으로 엄마가 몇 시간을 보이지 않자 아이는 처음으로 공포를 느꼈을 것 같았다.

살면서 힘들 때마다 아이가 몇 시간 떨어져 있다 엄마를 다시 만나 행복해하던 8개월 때의 그 날을 떠올렸다.

눈에 눈물을 매달고 엄마를 보고 좋아하며 행복해하던 그 눈빛, 그 표정을 떠올리면 아무리 힘든 일이 있더라도 어디선지 불쑥 힘이 솟았다.

'아이에게는 엄마가 세상의 전부였을 테니, 내 아이의 미소만큼 값진 것은 세상에 없다.'

마지막 두 알 정도는 남기고 먹지 않았다. 느낌이 왔다. 이 정도면 이경을 잠깐 만나 얼굴을 보고 떠날 수 있을 것 같았다.

남들은 내가 미쳤다지만 내가 보기엔 그들이 미친 것 같았다. 그래서 나는 그들의 세상을 떠나려 한다. 아무런 미련이 없다.

'많은 것을 갖고 있으면서도 손을 펴지 않고 욕심 부리는 사람들….'

'남의 눈에 대들보보다 내 눈의 조그만 티끌이 아파 죽겠다고 아우성치는 사람들….'

'객관적인 입장의 관점에 서지 않고 오로지 자기만이 옳다고 우기는 시끄러운 사람들….'

'남을 이해하려 하지 않고 무조건 오해부터 하

는 사람들….'

'웃자고 던진 말에 죽자고 덤비는 사람들….'

'사색하지 않고 교양 없이 떠드는 사람들….'

'남에게 칭찬이 인색한 사람들….'

그리고

'예술을 모르는 사람들….'

하고 싶은 말이 많은데 머릿속이 점점 하얘진다. 더 이상 아무 말이 떠오르지 않는다.

내 몸이 구름 위로 붕 뜨는 것 같다.

천사가 내려온다.

양쪽에서 나를 데리고 하늘로 올라간다.

천사들은 내가 상상했던 대로 눈이 부시도록 하얗고 하얗다.

놀라운 것은 천사들과 내가 의사소통이 된다는 것이다.

'부탁이 있어요.'

말해 보라고 고개를 끄덕인다.

천사들은 말은 하진 않지만 내 뜻을 안다.

'고이경에게 잠깐 들러 얘기 좀 하고 싶어요.'

다시 고개를 끄덕인다.

나를 데리고 이경의 병원으로 가준다.

*

한나는 엄마가 연락이 안 되자 왠지 불안한 마음에 부랴부랴 집에 왔다. 불안한 마음에 엄마를 찾으니 침대에 누워서 깨워도 일어나지를 않았다.

언제부터 주무시는 건지 왜 못 일어나는지 불안하고 초조했다.

'엄마! 엄마!'

엄마는 움직이지도 않았다. 한나가 아무리 흔들어도 반응이 없다. 무섭고 떨리는 마음으로

119에 전화를 건다. 정신을 차릴 수가 없다. 전화를 걸면서도 손이 덜덜 떨린다.

구급차가 달려오고 들것에 실려 가도록 엄마는 정신을 차리지 못했다. 한나는 이경이 누워 있는 병원으로 가달라고 했다.

앰블런스로 응급실에 도착한 엄마는 몇 가지 검사를 거쳐 코마 상태라는 진단을 받는다.

'깊은 무의식의 혼수상태'

이경과 같은 병실로 옮겨 달라고 딸 한나가 응급실 원무팀에 부탁했다. 그러고 싶었다.

엄마와 이경은 어려서부터 평생을 조금도 떨어지지 않고 운명처럼 붙어 다녔으니까.

"선생님? 우리 엄마 깨어나실 수 있는 거죠?"

"음, 코마 상태라 뭐라고 말씀 드릴 수가 없습니다."

"코마 상태면 살아 있으나 살아 있는 게 아닌

거잖아요? 흐흑,"

"네."

"엄마! 엄마! 내 목소리 들리면 뭐라고 반응을
좀 해 봐. 흐흐흑. 엄마! 난 대학 졸업하고 엄마
랑 재미있게 살려고 했는데 그때까지만 참지, 왜
그랬어?"

"진정하세요."

간호사가 한나의 오열을 아프게 쳐다본다.

"엄마, 엄마가 지금 이대로 떠나면 어떡해요.
얼른 졸업해서 취직하고 주말이면 엄마랑 여행도
하고, 맛있는 것도 먹고 하려고, 이를 악물고 공
부하고 있었는데 엄마 없는 세상에서 열심히 공
부한다는 게 무슨 의미가 있어? 엄마 혼자, 얼마
나 힘들었어? 난 엄마 맘도 몰라주고… 엄마가
얼마나 외로웠으면… 엄마! 이대로 떠나면 난 어
떡해!"

한나는 울다가 지쳐 쓰러졌다. 한나가 엄마,

엄마 부를 때마다 엄마는 살짝 반응이 보이는 것
도 같았다. 그러나 깨어나지 못했다.

"이경아, 나 왔어."

"이경아!"

"상은아? 어떻게 여길 왔어?"

"이경아, 할 말이 있어 너에게로 왔어."

"나도 할 말이 있는데….."

"네가 있어 세상에 사는 동안 정말 행복했었
어."

"상은아, 그건 나도 그래."

"사는 동안 나 때문에 힘들었던 일 모두 용서
바래."

"나도, 사실 너에게 못되게 굴었잖아. 미안했
어."

상은이 다시 묻는다.

"우린 무엇을 위해 그렇게 싸웠던 걸까?"

"우리 스스로가 만들어낸 헛되고 헛된 것과 싸
웠지."

"사람은 왜 내가 갖고 있는 거는 소중해 보이
지가 않을까?"

"갖고 나면 별거 아닌 것 같고, 또 다시 새로운
것이 눈에 들어오고… 다 부질없는 건데."

"참, 이경아, 인수 씨와 나는 네가 의심했던 그
런 관계가 아니야. 내가 꿈과 현실을 구분을 못
하고 망언하는 바람에 마음이 불편했다면 용서
바래. 그리고 사실 나는 현실에선 섹스 불감증이
야."

"그럼, 꿈에서만 느끼는 거니?"

"감정을 속이는 게 연습이 되어서 그런지 참는
게 더 익숙해."

"내가 알지, 널!"

"그리고, 난 꿈에서 내가 아니었어?"

"무슨 말이야?"

"난 꿈을 꿀 때마다 이경이 너로 변신되었던 거야."

"그럼 넌, 내가 되고 싶었던 거니?"

"내 무의식이 나도 모르게 너에게로 가더라."

"난 사실 상은이 네가 학교 다닐 때 춤도 잘 추고, 지휘도 잘하고, 공부도 잘하고, 가곡의 밤에 나가 상도 받고, 팝송도 잘하고… 나도 끼 많은 네가 되고 싶을 때가 많았었어."

"풋, 나는 가끔 생각해. 하고 싶은 말도 못 하고, 하고 싶은 일도 못해 보고 그리고 섹스도 즐기지도 못하고…."

"이제부터라도 하고 싶은 일 하면 되지. 섹스도 하고."

"어쩜, 난 나로 살았다기보다 남이 나를 어떻게 평가할까에 눈치 보느라 힘들었어."

"맞아. 넌 네 안의 끼를 발휘하고 살 수 있는 환경이 주어지질 않았고, 오히려 네 안의 끼를 숨기기 위해 에너지를 많이 쏟았었지."

"그렇게 의식적으로 억압하고 억압한 끼가 밤에 자면서 무의식의 세계에서 이경이 네가 되고 싶었던 거였나 봐."

"난 네가 부러웠는데…."

"참, 나 정신과를 갔었는데 충격적인 말을 들었어."

"무슨 말?"

"정신분열 증세가 아주 오래전부터 시작한 것 같대."

"정말?"

"응, 내가 남하고 얘기하지도 않고 혼자 놀기 좋아하는 것도 다 정신분열증의 초기 우울증 증세였다더라?"

"아…."

"남편 사망 이후엔 충격을 크게 받아 선택적 망각을 한대. 쉽게 말해 기억 장치가 고장 났던 거지."

"상은아, 날 용서해. 살면서 죄책감에 고백하지 못한 게 있었어."

"뭔데?"

"어렸을 적 네가 우리 집에 왔을 때, 우리 엄마가 네가 옛 이야기를 잘한다고 칭찬했던 적 있었지?"

"응, 기억 나지."

"그때, 사실은 네가 학교에서 다른 친구들한테 둘러싸여 인기가 많은 게 질투 나서 엄마에게 네 의지를 좀 죽여 달라고 부탁했어. 정말 미안해."

"아, 말 잘하는 사람은 가난하게 산다던?"

"응, 그 이후로 정말 네가 그렇게 한마디도 안 할 줄 몰랐어. 그냥 어린 마음에 장난 비슷하게 한 거였는데."

"그랬구나. 이젠 다 지난일이야."

"고백할 타이밍을 놓치다 보니 혹시 네가 시간

이 지나면 잊히겠지 했는데 넌 그 이후로 한참을 말을 하지 않더라?"

"난 가난이 싫었거든, 시간이 지나면서 너희 엄마 말이 맞는 말일까? 혹시, 아닐지도 모른다는 생각도 했긴 했었지."

"어찌됐든 괜히 내가 그때 질투 나서 한 말 때문에 네가 이렇게 된 시발점이 아니었을까 죄책감이 밀려든다."

"다 지난일이고 운명이야."

"상은아, 넌 연약하고 착한 아이였는데. 다음 세상에선 내가 남자로 태어나 네 끼를 마음껏 발휘하고 살도록 든든히 지켜줄게."

기운이 떨어지고 약 기운에 기대 간신히 다음 말을 이어갔다.

"이경아, 아니야, 넌 다음 세상에도 이렇게 예쁜 여자로 태어나. 차라리 내가 남자로 태어나 널 영원히 사랑해 줄게."

이경도 호흡이 힘들고 기운이 없다.

"한 눈 팔지 않을 거지?"

"응."

"좋다. 너와 다시 만나는 세상을 생각하니."

"온 힘을 다해 네게로 왔어. 의식과 무의식을 넘나들며 죽을힘을 다해 온 거야."

"고마워."

"너 혼자 쓸쓸히 그냥 보내지 않으려고…."

"무, 무슨 말이야? 이제 얼른 가?"

"이경아, 내가 말했잖아. 너 가는 길 외롭지 않게 하려고 왔다고."

"미쳤구나?"

"말했잖아. 나, 너 없는 세상은 의미가 없어. 어차피 나는 나로 살지도 못하는 세상이니까."

"상은아, 흐흐흑!"

이경이 마지막 힘을 내어 남편 일을 물어본다.

"참, 너 남편하고 그날 일 기억해 냈니?"

"응, 너에게로 오면서 삶과 죽음의 경계에서 그 장면이 보이더라. 피곤하다. 더 이상 말할 기운이 없네. 이경아, 안녕!"

"나도 기운이 다 빠져 나가고 있어, 안녕."

"우리 손을 잡고 있는 거 맞지?"

상은의 손에 까르띠에 반지가 끼어져 있다.

"같이 올라가자. 영원한 나라에서 영원히 함께 하자."

이경이 다시 한 번 손에 힘을 주며 고마워한다.

"혼자 떠나지 않게 와 줘서 든든해."

"어차피 떠나야 할 세상 나도 너와 함께여서 정말 무섭지 않아."

두 사람을 데리러 온 천사들이 이들 우정에 환한 미소를 짓는다.

이젠 떠나야 할 시간이라며 멀리 날아가기 위한 준비로 파닥파닥 잔 날갯짓을 한다.

에필로그

한나는 엄마가 깨어날 기미를 보이지 않자 이러다가 죽는 건 아닌지 불안하고 초조했다.

한나는 갑자기 얼마 전 엄마가 했던 말이 떠올랐다. 그때는 시험공부에 시간이 쫓겨 염두에 두지 않고 스치며 들었던 이야기가 가슴을 때렸다.

영화의 마지막 장면에서 남편이 사랑하는 아내가 죽자 아내와 자주 갔던 바다로 나가 뼛가루를 뿌려주는 장면이 나왔다. 엄마는 갑자기 소리 없이 눈물을 흘리더니 울먹이며 말했었다.

"한나야, 엄마가 죽어도 저렇게 바다에 뿌려

줘."

"엄마, 왜 죽는다는 말을 해. 아직 한창 젊은 미모에 외로우면 남자친구도 만들고~~"

"얜, 남자 귀찮다."

"엄만, 아직 나이에 비해 젊어서 나랑 다니면 언닌 줄 아는데 벌써 남자가 귀찮다니?"

"꼭 그렇게 해줘. 엄마는 평생을 내가 하고 싶은 대로 살지 못해서 한이 많아, 가슴이 답답해."

"진짜 그런 말 또 할 거야?"

"죽어서까지 갇혀서 살기 싫어. 무덤도 싫고, 납골당도 싫다. 그냥 멀리 멀리 탁 트인 곳으로 정처 없이 떠다니며 세상 구경하고 싶다."

"엄마, 자꾸 그런 말 할 거면 나 그냥 서울 올라갈래. 바쁜 시간 쪼개서 왔더니 쓸데없는 소리만 하구. 50년도 더 지나서 할 얘기를 벌써 하고 난리야."

그땐 영화가 슬퍼서 감성이 풍부한 엄마가 영

화 때문에 우는 줄 알았다.

'엄만 그렇게 많이 마음이 아팠구나.'

엄마를 다 알고 있었다고 생각했는데 엄마를
너무 몰랐던 것 같다.

엄마! 엄마! 그렇게 힘들었으면 투정이라도 한
번 하지 왜 아무 말도 없이 이렇게 된 거야.

엄마, 엄마! 나에게 서운한 게 많았지? 그렇게
싫은 내색 한번 안 하고 나를 키우느라 얼마나 혼
자 속으로 힘들었을 거야.

엄마 내말 들려? 엄마 사랑해. 진짜 많이 많이
사랑해. 대답 좀 해봐. 고개라도 끄덕여 봐. 엄
마, 엄마, 내가 사랑한다는 거 꼭 기억해 줘.

의사가 조용한 목소리로 한나를 부른다.

"두 분이 친구 분이라고 했죠? 같은 시간에 운
명하셨습니다."

"엄마, 엄마!"

여러분의 소중한 원고를 기다립니다.

세월이 몰고 간 시간의 간이역에서
중년은 외로이 서 있습니다.
살아온 날들은 뒤돌아보면 그 추억의 자리엔
첫사랑의 여운이 남긴 사진 한 장,
소중한 기억이 담긴 한 폭의 수채화들이
곱게 채워져 있습니다.
그리움도, 추억도, 사랑도,
세월이 몰고 온 시간의 간이역에 잠시 내려두고
노을에 젖은 저 들판을 편안하게 바라보는 겁니다.
이제 다시 시간의 흐름 속에 나를 놓고
'중년의 사랑'이라는 신선한 느낌의 행복 공간으로
여러분을 초대하고자 합니다.

…

푸르름 출판사에서는
〈Midlife Romance Collection〉을 시리즈로 출간하고 있습니다.
중년의 가슴속에 피우지 못할 한 송이 꽃을 소설로 담아 새롭게 피워낼
여러분들의 귀중한 원고를 기다리고 있습니다.
언제라도 푸르름의 문턱에서 문을 두드려주세요.
사랑의 향기를 전해주세요!

원고 기다리는 창고 알려드립니다.
반드시 〈Midlife Romance Collection〉으로 표기해서 보내주세요
e-mail : pullm3272@naver.com